COLLECTION FOLIO

Lao She

Histoire de ma vie

Traduit du chinois par Paul Bady,
Li Tche-houa, Françoise Moreux,
Alain Peyraube et Martine Vallette-Hémery

Gallimard

Ce texte est extrait de *Gens de Pékin* (Folio n° 2473).

Né en 1899 dans une famille mandchoue de la capitale, Lao She a été, dès son enfance, plongé dans une société en pleine évolution. Après avoir enseigné pendant une vingtaine d'années, notamment en Angleterre, l'écrivain, à la suite du succès remporté par son fameux *Pousse-pousse*, a pu se consacrer entièrement à son œuvre. Il écrit de nombreuses nouvelles reprises dans *Gens de Pékin*, dont est extrait *Histoire de ma vie*. À travers les personnages très divers que Lao She met en scène, c'est toute la vie pékinoise, à la fin de l'Empire et dans les premières années de la République, qui resurgit. Les prostituées y côtoient les amateurs d'opéra et les agents de police ; les bandits y font bon ménage avec les honnêtes gens, les simples artisans avec les petits commerçants. De ce monde, qui a aujourd'hui presque totalement disparu, Lao She a su retenir le meilleur : une vie où la tragédie n'exclut à aucun moment l'humour. Son grand roman écrit entre 1940 et 1942, *Quatre générations sous un même toit*, est une vaste fresque qui raconte l'histoire d'une famille à travers les péripéties de l'histoire chinoise. Les « conflits » qui sont au cœur de l'œuvre n'opposent pas seulement entre eux les divers membres de la famille, ils opposent aussi le groupe familial à la patrie, et Pékin au reste de la Chine.

Sous le régime communiste, il a été amené à composer plusieurs pièces de théâtre, en particulier *La maison de thé*. « Suicidé » au début de la Révolution culturelle, il n'a pu achever le grand roman autobiographique qu'il avait entrepris, *L'enfant du Nouvel An*, mais cette œuvre posthume montre qu'il n'avait rien perdu de son talent de romancier.

Découvrez, lisez ou relisez les livres de Lao She en Folio

GENS DE PÉKIN (Folio nº 2473)

QUATRE GÉNÉRATIONS SOUS UN MÊME TOIT (Folio nº 3119, 3356, 3564).

LA CAGE ENTREBÂILLÉE (à paraître en Folio en octobre 2002).

Histoire de ma vie

I

Quand j'étais petit, je n'ai pas été longtemps à l'école, mais tout de même assez, pour lire des livres comme *Les Sept Preux et les Cinq Justiciers*[1] ou *Le roman des Trois Royaumes*[2]. Ainsi je me rappelle très bien plusieurs passages du *Pavillon du loisir*[3] ; encore aujourd'hui, je suis capable de les raconter sans oublier un détail et en faisant frémir l'auditoire, et ça, pas seulement pour que les gens qui m'écoutent disent que j'ai bonne mémoire, mais aussi pour me faire plaisir. Pourtant, je n'ai jamais pu lire le texte lui-même, c'est trop dur ; les passages dont je me souviens, je les ai tous lus dans de petits canards sous le titre : *Histoires commentées du Pavillon du loisir*. Les contes y sont traduits en langue parlée et on y a rajouté des trucs drôles pour corser le tout : c'est une lecture vraiment passionnante !

En écriture, aussi, je ne suis pas mauvais. Si on

1. *Qixia wuyi :* roman populaire de cape et d'épée, paru à la fin du siècle dernier.
2. *Sanguo zhi yanyi :* chef-d'œuvre de Luo Guanzhong (XIVe siècle).
3. *Liaozhai zhiyi :* célèbre recueil de contes de Pu Songling (1640-1715), écrits en langue classique.

compare mon écriture avec celle des documents officiels des *yamens* de naguère, pour ce qui est de la régularité, du poli de l'encre ou de la mise en pages, je crois vraiment que j'aurais fait un bon « Rédacteur »[1]. Naturellement, mes ambitions sont limitées, et je ne prétends pas avoir le talent de ceux qui écrivaient des mémoires au Trône, mais des documents officiels courants comme ceux qu'on voit maintenant, je vous garantis que je serais capable de les écrire, et sans la moindre faute.

Vu les dons que j'avais pour lire et pour écrire, j'aurais dû être normalement employé dans l'administration. Ce n'est pas forcément une façon d'honorer ses ancêtres, mais au moins c'est une occupation mieux considérée que les autres. Et puis, à tous les échelons, on peut avoir de l'avancement. J'en ai vu plus d'un occuper d'importantes fonctions, et, pourtant, aucun n'écrivait aussi bien que moi : il y en avait même qui étaient incapables de prononcer une phrase correcte. Si des gens comme ça pouvaient devenir de hauts fonctionnaires, je ne vois pas pourquoi je n'aurais pas pu en faire autant !

Mais voilà, quand j'ai eu quinze ans, mes parents m'ont placé comme apprenti. Comme dans toutes les professions il y a des as, apprendre un métier manuel n'avait, en soi, rien de déshonorant ; seulement, c'est un peu moins reluisant que d'être dans l'administration. Quand on est devenu artisan, on le reste toute sa vie, et, même si on fait fortune, un haut fonctionnaire vous passera toujours devant. Je m'inclinai pourtant devant la décision de mes parents sans faire d'histoires et partis en apprentissage. A quinze ans, naturellement on n'a pas beaucoup d'idées. Et puis les vieux

1. *Bitieshi :* titre mandchou attribué aux fonctionnaires chargés d'écrire les documents officiels de l'administration impériale.

m'avaient dit aussi que, lorsque je posséderais bien le métier, je pourrais gagner de l'argent, et qu'alors ils s'occuperaient de me marier. A cette époque-là, je m'imaginais que le mariage devait être quelque chose d'attrayant. Pendant quelques années, j'ai donc accepté d'en baver, jusqu'à ce que je sois en âge de gagner ma vie comme un adulte ; alors, on me maria, et avec une petite bru dans la famille, la vie se présentait plutôt bien.

J'avais appris le métier de colleur de papier. Dans les années où régnait encore la grande paix, un colleur n'avait pas de souci à se faire pour son gagne-pain. Dans ce temps-là, quand un homme mourait, on ne faisait pas les choses aussi chichement qu'à présent. Par là, je ne veux pas dire que les gens d'autrefois s'y mettaient à plusieurs fois pour mourir et ne claquaient pas tout bonnement d'un coup. La différence, c'était que, lorsqu'il y avait un mort, la famille endeuillée n'hésitait pas alors à dépenser un argent fou et ne reculait devant aucun sacrifice pour respecter les convenances et sauver ainsi les apparences. Rien que pour la « confection funéraire[1] », on en avait pour une jolie somme d'argent. Un homme n'avait pas plus tôt rendu l'âme qu'on devait sur-le-champ fabriquer le « char funèbre[2] », une expression courante à l'époque mais que beaucoup de gens ne comprennent probablement plus aujourd'hui. Tout de suite après, il y avait « le troisième jour de la veillée mortuaire[3] », pour lequel on ne pouvait se passer de « figurines à brû-

1. *Mingyipu :* la boutique où on fabriquait et vendait tous les objets de papier nécessaires pour les funérailles.

2. *Daotouche :* voiture de papier destinée à transporter l'âme du mort.

3. *Jiesan :* le troisième jour après le décès, on accueillait par des prières l'âme du défunt.

ler[1] » : des voitures, des palanquins, des mules et des chevaux, des coffres à linge, des « hommes en carton-pâte[2] », des « bannières pour guider les âmes[3] », des fleurs de papier, et beaucoup d'autres choses encore... Et quand on avait le malheur de mourir avant les relevailles[4], il fallait encore un buffle et une cage de coqs[5].

Le « premier sept[6] » venu, au moment où on psalmodiait les soutras, on devait confectionner des pavillons garnis de lingots, des montagnes d'or et d'argent, des rouleaux de tissus et des lingots, des vêtements, des plantes et des fleurs pour les quatre saisons, des collections d'antiquités et toutes sortes de meubles[7]. Et quand arrivait la « levée du corps[8] », outre les pavillons et constructions de papier, on avait encore besoin de beaucoup d'effigies à brûler : même pour les gens les plus démunis, un couple de « serviteurs[9] » était nécessaire. Le « cinquième sept », on brûlait une ombrelle[10], et le soixantième jour après le décès,

1. *Shaohuo :* terme désignant tous les êtres et objets de papier que l'on brûle pour servir et accompagner le mort dans son voyage vers l'au-delà.

2. *Lingren :* figurines représentant les hommes et les femmes qui ont été au service ou sous les ordres du défunt.

3. *Yinhunfan :* fanion portant le nom du défunt et destiné à le représenter lors des rites funéraires.

4. C'est-à-dire avant la fin du premier mois suivant un accouchement.

5. Une femme morte en couches ou après avoir enfanté ne pouvait échapper, sans un sacrifice spécial, au terrible « lac de sang » des Enfers.

6. Les cérémonies funèbres, auxquelles participaient des bonzes, étaient célébrées tous les sept jours pendant sept semaines, à partir du septième jour ou « premier sept » (*yiqi*) jusqu'au « septième sept » (*qiqi*).

7. C'est-à-dire tout ce dont le mort est censé avoir besoin pour mener une vie agréable dans l'au-delà.

8. *Chubin :* l'enterrement proprement dit.

9. *Tongr :* un homme et une femme chargés d'accompagner le défunt jusqu'aux Enfers.

10. *Shaosan :* rite protégeant le mort contre l'ardeur du soleil infernal.

on fabriquait un bateau et des ponts[1]. Alors seulement, un mort en avait fini avec nous, les colleurs de papier. Dans l'année, il suffisait qu'il mourût comme ça une dizaine de gens riches et on avait de quoi vivre.

Mais les colleurs ne se consacraient pas seulement au service des morts : ils servaient aussi les immortels. Or les immortels d'antan n'étaient pas aussi misérables que ceux d'à présent ! Prenons par exemple le Seigneur Guan[2]. Autrefois, lors du vingt-quatre de la sixième lune, les gens se croyaient toujours obligés de faire confectionner pour lui des bannières jaunes et des dais précieux, des chevaux avec leurs écuyers, de grands drapeaux avec les sept étoiles de la Grande Ourse et d'autres choses du même genre, alors qu'aujourd'hui, c'est à croire qu'il n'y a plus personne qui se soucie encore du Duc Guan ! Lorsque survenait une épidémie de variole, nous avions fort à faire avec les « Matrones[3] ». Comme elles étaient neuf, cela faisait neuf palanquins à fabriquer, avec chacun un cheval bai et un safran, neuf capes de cour avec autant de coiffes brodées de phénix, et il fallait encore préparer des tenues complètes pour les garçons et demoiselles d'honneur, ainsi que tout le nécessaire pour le cortège[4]. Maintenant qu'on vaccine dans les hôpitaux, les Matrones n'ont plus rien à faire et nous, les colleurs, on a vu notre activité réduite d'autant. Une autre de nos

1. Pour permettre au défunt de franchir le Fleuve des Enfers (*Naihe*).

2. Guan Yu, le célèbre général de l'époque des Trois Royaumes, tué en 219 de notre ère, vénéré comme le dieu des vertus guerrières, divinité exorciste et, comme telle, associée à la Grande Ourse.

3. *Niangniangmen :* déesses spécialement vénérées en vue d'avoir des enfants ou d'échapper aux maladies.

4. Tout ce cérémonial fait partie d'un rite propitiatoire, destiné à conjurer la maladie. La longueur du cortège marquait l'importance que l'on attribuait aux divinités en question dans la bureaucratie céleste.

affaires était celle des « ex-voto[1] », qui marchait bien, mais là encore, avec l'élimination des superstitions, il n'en est plus question. Ah ! les temps ont bien changé !

En dehors du service des immortels et des esprits des morts, notre corporation, bien sûr, travaillait aussi pour les vivants. On appelait ça « le blanc[2] » et ça consistait à retapisser à neuf les maisons. Autrefois, on n'avait pas de maisons à l'occidentale, mais, chaque fois que l'occasion s'en présentait, à la suite d'un déménagement, pour un mariage ou un autre événement heureux, on retapissait de blanc des pièces de fond en comble, de façon à leur donner un aspect flambant neuf. Dans les familles très riches, on nous employait même deux fois par an, au printemps et en automne, pour garnir de papier les fenêtres. Mais les gens s'appauvrissent de jour en jour et on ne retapisse même plus le plafond lorsqu'on déménage. Et puis, ceux qui ont de l'argent, ils transforment leurs maisons à la mode étrangère : les plafonds, on les plâtre une fois pour toutes et après, on est tranquille ; quant aux fenêtres, on leur met des vitres, et on n'a plus besoin de les garnir de papier ou de gaze. Depuis qu'on ne jure plus que par les choses occidentales, les artisans ont perdu leur gagne-pain. Oh ! c'est pas faute d'efforts de notre part à nous : quand les pousse-pousse sont devenus à la mode, on a fait des pousse-pousse, et de même avec les automobiles, car le changement, nous, on connaissait ça. Mais voilà, les familles qui faisaient fabriquer un pousse-pousse ou une automobile pour un mort se comptaient sur les doigts de la main ! On était entré subitement dans une époque de grands changements, et nos petites innovations n'étaient plus d'aucune utilité : nous étions com-

1. *Huanyuan :* offrandes spéciales faites en cas de guérison ou de vœu exaucé.
2. *Baihuo :* terme de jargon propre aux colleurs de papier.

plètement dépassés par le cours des événements et nous n'y pouvions rien !

II

Comme je viens de l'expliquer, si j'avais toujours compté sur ce métier pour vivre, il y a longtemps que je serais mort de faim. Pourtant, si la qualification que j'avais acquise ne pouvait me servir éternellement, j'avais, en fait, tiré de mes trois années d'apprentissage un bénéfice dont je n'aurai jamais fini de profiter. Je pouvais laisser là mes outils et changer de métier, ce bénéfice-là me suivrait toujours. Même après ma mort, il y aura des gens qui, lorsqu'on parlera de moi et de ma façon d'être, ne manqueront pas de rappeler que, dans ma jeunesse, j'ai fait trois ans d'apprentissage.

Un apprenti n'apprend pas seulement un métier : il apprend aussi la discipline. Quand il arrive dans un atelier pour la première fois, c'est le règne de la terreur et des brimades. On le fait se coucher tard et se lever tôt ; il doit obéir aux ordres et aux injonctions de tout le monde, se montrer un serviteur parfaitement docile et supporter de gaieté de cœur tous les malheurs qui lui arrivent : la faim comme le froid, la souffrance comme la fatigue, et le tout en ravalant ses larmes. Ainsi, là où j'ai été apprenti, l'atelier était également la maison du patron. Après avoir subi le maître, il fallait encore supporter la patronne : on était vraiment entre le marteau et l'enclume. Pour tenir à ce régime pendant trois ans, les plus durs étaient obligés de fléchir, et les plus mous de s'endurcir. Franchement, je puis dire que le caractère d'un apprenti n'avait plus rien à voir avec les qualités innées, mais dépendait pour finir des coups reçus. C'était comme le fer : c'est en le battant qu'on obtient la forme qu'on désire.

Dans ce temps-là, à force d'essuyer des coups, j'avais songé pour de bon à me suicider : un homme ne pouvait supporter un pareil traitement ! Mais maintenant, quand j'y pense, je trouve que cette discipline et cet enseignement valaient vraiment leur pesant d'or. Car, lorsqu'on a connu un tel entraînement, il n'y a plus rien au monde qu'on ne soit capable d'endurer. On accepte n'importe quoi. Vous auriez voulu par exemple faire de moi un soldat, eh bien, j'aurais fait un très bon soldat ! Au moins, dans l'armée, l'instruction n'a lieu qu'à des moments déterminés, alors que les apprentis, en dehors du sommeil, n'avaient aucun instant de repos. Je saisissais même le moment où j'allais aux toilettes pour roupiller tout en m'accroupissant, et les jours où le travail débordait sur la nuit, on dormait en tout et pour tout trois ou quatre heures. J'avais appris à avaler à toute allure mes repas, car à peine avais-je pris mon bol que j'entendais le patron crier ou la patronne qui m'appelait, ou encore un client qui venait passer commande. Il me fallait alors le servir avec toutes les politesses d'usage, et bien faire attention à la façon qu'avait le patron de fixer le prix de la marchandise en fonction de la qualité du travail. Si je n'avais pas avalé d'une traite tout mon bol, je ne m'en serais jamais sorti !

Un pareil entraînement m'a appris à faire front en toutes circonstances et à garder, en plus, toute la courtoisie requise. C'est une chose, à mon humble avis, que les gens qui font des études ne pourront jamais comprendre. Dans les écoles modernes de maintenant, où on organise des concours d'athlétisme, les élèves, après deux tours de piste, sont comme des vainqueurs aux chevaux couverts d'écume ! Non seulement il faut les soutenir, les embrasser, leur frictionner les cuisses avec de l'alcool, mais ils font encore des simagrées et réclament des voitures ! Comment ces fils à papa pourraient-ils comprendre ce que c'est que la discipline et l'exercice ? Pour en revenir à ce que je disais, toutes les peines que j'ai subies m'ont donné un fond qui me permet de travailler dur sans regimber. Jamais je n'acceptais de rester inactif, et quand je travaillais, pas question de faire des chichis ou des histoires. J'étais capable d'en baver autant qu'un simple soldat, avec cette différence que dans l'armée, on est loin d'être aimable comme je l'étais !

Un autre fait peut, du reste, prouver ma force de caractère. Lorsque à la fin de l'apprentissage je suis devenu compagnon, j'ai fait comme les autres artisans : pour bien montrer que, désormais, je gagnais moi-même ma vie, j'ai commencé par acheter une pipe. Dès que j'avais un instant à moi, je la sortais et tirais dessus bruyamment comme pour me donner encore plus d'importance. Petit à petit, je me suis mis aussi à boire, à siroter fréquemment un petit verre de gnôle (*maoniao*) en faisant bien claquer la langue. Le problème, c'est qu'une mauvaise habitude en entraîne toujours une autre. On croit toujours qu'il ne s'agit que d'un passe-temps, et puis, on ne peut plus s'arrêter. De fil en aiguille, je me suis ainsi laissé aller à fumer l'opium. A l'époque, l'opium n'était pas interdit et il était spécialement bon marché. Au début, j'en fumais seulement pour m'amuser, mais bientôt je ne pus plus m'en passer. Je me trouvais alors à court d'argent et je constatais que j'avais moins d'ardeur au travail. Eh bien, figurez-vous que, du jour au lendemain, et sans attendre qu'on me le dise, j'ai renoncé à tout : non seulement à l'opium, mais au tabac et à l'alcool. J'ai brisé ma pipe en deux et suis entré dans la Secte dite « de la Raison », où il faut absolument s'abstenir de boire et de fumer, sous peine de courir au-devant de la guigne. A l'idée que celle-ci pourrait me guetter, j'ai préféré arrêter aussitôt.

Mais quand j'y pense aujourd'hui, je n'aurais jamais eu le courage et la fermeté nécessaires si je n'avais pas été apprenti. Car quand on commence à s'arrêter, c'est drôlement désagréable de voir des gens fumer ou boire : on a l'impression que des milliers de petits vers grouillants vous rongent le cœur ! Heureusement que la peur de la guigne me retenait. Pourtant, à elle seule, elle n'aurait pas suffi. Car tant qu'on n'est pas dans le pétrin, on s'en moque. Ce qui comptait avant tout, c'était de pouvoir tenir bon jusqu'au bout, et ça, il n'y avait eu que l'apprentissage pour me l'enseigner et m'y préparer !

Du point de vue professionnel, j'ai même l'impression de n'avoir pas du tout perdu mon temps pendant les trois années que j'ai passées comme apprenti. Dans tous les métiers, c'est pareil : il faut changer avec le temps ; mais si les techniques ne sont plus les mêmes, la pratique demeure. Il y a trente ans, un maçon fignolait son travail, polissant les briques et ajustant les joints, alors qu'aujourd'hui, il doit savoir utiliser du ciment et des moellons industriels. De même, un menuisier, qui autrefois sculptait le bois à la perfection, doit être capable maintenant de fabriquer des meubles à l'occidentale. Dans le métier qui était le nôtre, c'était la même chose, ça bougeait même encore davantage. Nous savions reproduire avec une fidélité parfaite n'importe quoi. Par exemple, pour un enterrement, on pouvait nous demander de préparer tout un banquet, nous étions capables de confectionner en papier tous les plats correspondants, aussi bien du poulet et du canard que du poisson et de la viande. Lorsqu'il arrivait qu'une jeune fille meure dans sa famille sans être encore mariée, on nous demandait de faire tout un trousseau ; qu'il y eût alors quarante-huit porteurs ou trente-deux[1], nous faisions toujours en sorte qu'il n'y manque rien, depuis le poudrier et le flacon de cosmétique jusqu'à la garde-robe et la psyché. Notre savoir-faire à nous était de pouvoir tout copier au premier coup d'œil. Cela ne demandait pas une très grande qualification, mais tout de même un minimum d'intelligence, car pour devenir un bon colleur, il ne fallait pas être complètement bouché.

Ainsi, on aurait dit que notre travail tenait à la fois du boulot et du jeu. Le succès ou l'échec dépendait entièrement de la façon dont on savait utiliser les papiers de différentes couleurs, et c'était une chose qui exigeait de la réflexion. En ce qui me concerne, sans être très intelligent, je n'étais pas bête. Aussi, parmi les coups que j'ai reçus quand j'étais apprenti, très peu venaient de ce que le métier ne rentrait pas : la plupart étaient dus au fait qu'étant malin, j'étais assez enclin à n'en faire qu'à ma tête. Dans d'autres métiers, je n'aurais peut-être pas eu l'occasion du tout de manifester mon intelligence : chez un maréchal-ferrant ou dans une scierie, on bat et on scie à longueur de journée, c'est toujours pareil. J'ai eu donc de la chance d'être chez un colleur de papier, car, une fois appris les rudiments, j'ai pu suivre mon inspiration personnelle tout en recherchant la reproduction la plus ingénieuse et la plus fidèle à l'original.

Parfois, je perdais du temps et gâchais du matériau sans arriver à reproduire ce que j'avais imaginé, mais ça m'a appris à chercher et à creuser davantage, à ne jamais renoncer avant d'avoir abouti, et ça, c'est vraiment un excellent entraînement. Savoir utiliser l'intelligence que l'on a, voilà une habitude que m'ont donnée mes trois ans d'apprentissage et dont je leur

1. Comme dans les grands mariages, lors du transport du trousseau au nouveau domicile de la mariée.

suis très reconnaissant. Evidemment, j'aurais pu faire de plus grandes choses dans ma vie, mais au moins, tout ce que les gens ordinaires savent faire, j'étais capable de le saisir pour une bonne part au premier coup d'œil. Je savais ainsi construire un mur, planter un arbre, réparer une horloge, expertiser une fourrure, choisir le bon jour pour un mariage, je connaissais les secrets et les jargons d'un peu tous les métiers, et tout ça, je l'ai appris sur le tas, sans l'avoir étudié, en me fiant seulement à mon œil et à ma main, grâce à l'habitude que j'avais prise de travailler dur et d'apprendre sans relâche. Il m'a fallu du reste attendre jusqu'à aujourd'hui, où je suis sur le point de crever de faim, pour comprendre que si j'avais fait plus d'études et m'étais plongé dans les bouquins comme les talents distingués d'autrefois ou les diplômés des écoles modernes, j'aurais été abruti pour la vie et totalement ignare ! A défaut de m'avoir apporté la fortune ou un poste officiel, le métier de colleur m'aura au moins fait connaître une vie pleine d'intérêt : pauvre, mais animée et ne manquant pas de saveur humaine.

La vingtaine tout juste passée, j'avais ainsi acquis la considération de mes proches et de mes amis. Une considération qui n'était pas due à ma richesse ou à ma position, mais simplement au fait que je faisais soigneusement les choses et ne renâclais pas à la besogne. Une fois devenu compagnon, on pouvait tous les jours me trouver dans une maison de thé au coin de la rue, où j'attendais les collègues qui venaient pour me demander mon aide. Dans tout le quartier, je fus vite connu : j'étais jeune, adroit et plein de tact. Quand il y avait des gens pour m'embaucher, je les suivais et faisais mon métier. Mais quand il n'y en avait pas, je ne restais pas pour autant inactif : j'avais toujours des parents ou des amis pour me confier des tas d'affaires à régler. A peine fus-je marié que l'on me demanda de servir d'intermédiaire[1] pour quelqu'un d'autre !

Aider autrui était pour moi une forme de distraction, dont je ne pouvais me passer. Pourquoi ? Parce que, comme je l'ai déjà dit, il y avait, dans notre métier, deux sortes de travail. L'un était intéressant et propre, c'était les effigies mortuaires. L'autre, le « blanc », était bien différent. Pour retapisser une maison, il fallait, en effet, arracher le vieux papier, et ça, ce n'était pas de la tarte. Les gens qui ne l'ont jamais fait n'ont absolument aucune idée de la poussière qui recouvre le papier : à force de s'accumuler pendant des jours et des mois, elle devient plus sèche et plus fine que toute autre poussière, et elle vous pénètre dans le nez. Au bout de trois pièces, nous étions transformés en fantômes poussiéreux. Et quand, ayant bien assemblé les tiges de sorgho au plafond, on mettait le nouveau papier, il y avait une sorte de poudre argentée qui puait et vous collait aux narines. La poussière et ça faisaient que les gens devenaient phtisiques, ou tuberculeux comme on dit aujourd'hui. Je n'aimais pas du tout ce genre de travail. Mais lorsque quelqu'un venait m'engager au coin de la rue, je ne pouvais pas refuser : quand le boulot est là, il faut le faire. Alors j'acceptais, mais à condition de rester presque toujours dans le bas de la pièce, d'être celui qui coupait le papier, qui l'encollait et le passait aux autres, et de ne pas avoir à monter à la courte échelle, comme ça, je pouvais travailler en baissant la tête, de façon à avaler moins de poussière. En fait, ça ne m'empêchait pas d'être vite recouvert de la tête aux pieds et d'avoir le nez transformé en véritable cheminée. Après plusieurs jours de

1. Le rôle de « marieur » (*meiren*) était confié aussi bien aux hommes qu'aux femmes.

ce travail, j'avais plutôt envie d'en faire un autre et de changer un peu. Aussi, lorsque des amis ou des proches me demandaient un service, c'était toujours avec plaisir que je le leur rendais.

Par ailleurs, mon métier me mettait sans cesse en contact avec les gens au moment des noces ou des funérailles. Ceux qui me passaient alors commande me confiaient donc souvent d'autres affaires à traiter en même temps : une tente à dresser pour le jour du mariage ou de l'enterrement, toutes les bannières à fournir en vue de la cérémonie, un cuisinier à engager, des voitures ou des chevaux à louer, etc. Petit à petit, prenant goût à ce genre de choses, je sus comment résoudre les difficultés et faire que tout soit réglé au mieux, sans que ça revienne trop cher et en évitant que personne ne se fasse bêtement avoir. C'est en traitant ce type d'affaires que j'ai acquis beaucoup d'expérience et appris comment il fallait s'y prendre avec les gens. Le temps passant, j'étais même devenu, à moins de trente ans, un homme particulièrement ingénieux.

III

Les propos qui précèdent le laissaient pourtant aisément présager : il était impossible que je gagne toujours ma vie comme colleur. Le changement n'en fut pas moins subit : on aurait dit une foire brusquement interrompue par la pluie, obligeant la foule à se disperser en courant dans toutes les directions. Dans mon cas personnel, j'ai eu toute ma vie l'impression de descendre un chemin en pente, sans jamais pouvoir m'arrêter : plus mon cœur aspirait à la paix et à la tranquillité, plus je sentais que je m'enfonçais. Mais, cette fois-là, le changement fut si radical qu'il ne laissa à personne le temps de souffler. Ce n'était plus un changement, c'était une véritable tornade, dans laquelle on se trouvait stupidement pris, sans savoir où elle vous entraînait. Parmi les métiers et les affaires qui étaient encore prospères du temps de ma jeunesse, un très grand nombre se retrouvèrent soudain dans une impasse, et on ne les revit plus jamais : c'était comme si la mer elle-même les avait engloutis. Le métier de colleur survit encore tant bien que mal, mais s'il n'a toujours pas rendu l'âme, il ne se relèvera probablement jamais de l'état dans lequel il est tombé. Personnellement, c'est une chose dont je m'étais rendu compte très tôt. Si j'avais voulu, dans les années où régnait la grande paix, j'aurais très bien pu ouvrir une petite boutique, avoir deux apprentis et gagner tranquillement ma croûte. Mais heureusement que je ne l'ai pas fait. Car comment aurais-je pu vivre en n'ayant aucune grosse affaire de toute l'année, avec seulement une ou deux voitures de papier à confectionner et quelques plafonds à retapisser ? Il suffit d'ouvrir les yeux pour s'apercevoir que cela fait plus de dix ans qu'il n'y a plus eu de commande importante. Aussi ne m'étais-je pas trompé lorsque je me suis dit qu'il fallait changer de métier.

Cependant, si j'ai changé subitement de profession, ce ne fut pas seulement pour cette raison. Un homme seul n'a jamais empêché l'histoire de tourner. Vouloir s'opposer au changement, c'est le pot de terre contre le pot de fer. A lutter contre son temps, on épuise ses forces et on ne fait que s'attirer des ennuis. En revanche, un pépin qui vous arrive à vous tout seul est souvent beaucoup plus dur à supporter : il peut vous rendre fou du jour au lendemain. Et quand on en est à trouver normal de se jeter dans la rivière ou au fond d'un puits, il n'y a, ça va sans dire, rien d'étrange à abandonner son métier pour en prendre un autre. En soi, un événement qui ne touche qu'un individu est peu important, mais lorsqu'il vous tombe sur le dos et que vous êtes seul à le porter, il vous écrase : un grain de riz, c'est minuscule, et pourtant, pour la fourmi qui le transporte, c'est une charge exténuante. Pour vivre, on a besoin de respirer, mais lorsqu'il vous arrive un ennui, on a le souffle coupé et on perd la tête. L'homme est une si petite chose !

Ma guigne à moi aura été d'être astucieux et gentil avec les gens. A première vue, ça peut paraître invraisemblable : c'est pourtant absolument vrai, je le jure. Si ça ne m'était pas arrivé à moi-même, jamais je n'aurais cru la chose possible. Mais voilà, c'est bien sur moi qu'elle était tombée. Sur le coup, j'ai cru vraiment devenir fou. Maintenant que vingt ou trente ans se sont écoulés, quand j'y songe, ça me fait plutôt sourire, comme s'il s'agissait tout bonnement d'une fable. Mais j'ai compris à présent que les qualités qu'on peut avoir ne vous profitent pas nécessairement. Car il ne suffit pas qu'un homme soit bon, il faut que les autres le soient aussi, si on veut que cette bonté serve à quelque chose. Lorsque tel est le cas, on est comme un poisson dans l'eau. Mais dans le cas contraire, quand la méchanceté est générale, la bonté ne sert qu'à attirer les emmerdements. A quoi bon alors être malin et aimable ? Maintenant que j'ai compris cette vérité-là, au souvenir de ce qui s'est passé, je préfère hocher la tête avec un sourire. En fait, sur le moment, ce fut plutôt dur à digérer, mais il faut dire qu'à l'époque, je n'étais pas bien vieux.

Comme tous les jeunes gens, j'aimais bien être élégant. Ainsi, lorsque je faisais des visites de courtoisie ou m'occupais des affaires que l'on m'avait confiées, on n'aurait jamais dit, en voyant ma tenue et mon air distingué, que j'étais un simple artisan.

Autrefois, les fourrures valaient très cher et n'importe qui ne pouvait pas en porter. De nos jours, les gens se croient tout permis : à peine ont-ils gagné aux courses ou remporté le gros lot qu'on les voit porter des manteaux de renard, même lorsqu'il s'agit d'un gosse de quinze ans ou de quelque freluquet à la vingtaine encore imberbe. Naguère, un tel spectacle eût été impensable : l'âge et la condition déterminaient le costume et la toilette de chacun. En ce temps-là, un col de petit-gris suffisait à vous donner bon genre. J'en avais donc toujours un, que je portais sur une veste ou un gilet de satin noir, un satin qui à l'époque n'était pas très résistant mais pouvait tout de même vous durer une bonne dizaine d'années. Quand j'allais refaire des plafonds, je revenais, bien sûr, couvert de poussière. Mais aussitôt rentré chez moi, je faisais une toilette complète, et le fantôme poussiéreux que j'étais se transformait sur-le-champ en jeune dandy. Avec ma grande natte noire de jais, mon crâne tout bleu et brillant à force d'être rasé et mon gilet à col de petit-gris, vraiment, je n'étais pas n'importe qui !

Pour un jeune dandy, il n'y a sans doute rien de plus redoutable que d'avoir à épouser un laideron. Prenant les devants, j'avais incidemment laissé entendre à mes parents que je préférais rester célibataire, plutôt que d'épouser une fille qui ne me reviendrait pas. A l'époque, il n'était pas encore question de se marier librement, mais on avait déjà la possibilité de se voir entre fiancés avant le mariage. J'exigeai donc une entrevue personnelle au préalable et refusai de me fier aveuglément aux belles paroles de l'intermédiaire habituel en pareilles circonstances.

Je me suis ainsi marié l'année même de mes vingt ans, et ma femme avait une année de moins que moi. Belle ou pas, tout le monde la trouvait mignonne et vive : il faut dire que je l'avais rencontrée moi-même avant les fiançailles et que c'était là le double critère que je m'étais fixé pour ma future épouse. Si elle n'avait pas eu ces deux qualités, je n'aurais sûrement pas dit oui. Mon choix correspondait du reste à l'homme que j'étais alors : jeune, élégant et diligent en affaires, je me voyais mal avec une femme laide et stupide comme une dinde !

Nous étions si assortis que notre union ne pouvait pas ne pas avoir été voulue par le Ciel. Non seulement nous étions tous les deux jeunes et alertes, mais nous n'étions ni l'un ni l'autre de grande taille. L'aisance même avec laquelle nous savions évoluer dans le monde frappait nos amis et nos proches et suscitait un sourire d'admiration dans les yeux des personnages plus âgés qui nous regardaient. Rivalisant tous les deux de présence d'esprit et de facilité d'expression, nous voulions être partout les premiers, rien que pour le plaisir d'entendre l'éloge unanime que les gens nous décernaient en parlant de nous comme d'un jeune couple plein d'avenir. Venant d'autrui, un tel éloge ne faisait qu'accroître le respect et l'amour que nous nous portions, un peu comme si nous étions de vrais héros de roman.

Pour ne rien vous cacher, j'étais très heureux. Mes parents n'avaient aucune fortune, mais ils étaient propriétaires d'une maison, et cette maison, que nous pouvions habiter sans avoir de loyer à payer, avait une cour pleine d'arbres. Suspendue sous l'auvent, il y avait même une cage contenant une paire de loriots. Par ailleurs, j'avais un métier, de bonnes relations avec les gens, une femme jeune et à mon goût. Si je n'avais pas été heureux, je n'aurais pu m'en prendre qu'à moi-même.

En ce qui concerne mon épouse, j'aurais été bien incapable de lui trouver le moindre défaut. Il est vrai que parfois j'avais le sentiment qu'elle était un peu trop familière (*ye*) avec les gens. Mais il était normal qu'une femme vive comme elle l'était ne manque pas de franchise et de spontanéité. Si elle était bavarde, ce n'était pas faute de savoir parler. Si elle n'évitait guère la compagnie masculine, c'était précisément pour jouir de l'avantage que lui donnait sa nouvelle condition d'épouse ; il était même naturel qu'au sortir de sa famille, une fille douée comme elle perde un peu de sa timidité, prenne de l'aisance et se considère désormais comme une « dame ». Il n'y avait pas de mal à cela. Et puis, elle était si prévenante et attentionnée à l'égard des personnes âgées, elle les servait avec tant d'empressement qu'il n'était pas étonnant qu'elle se montre un peu sans façons avec les gens plus jeunes. Dans un cas comme dans l'autre, le caractère libre et spontané qui était le sien la poussait à se conduire avec la familiarité la plus complète. Aussi ne lui en ai-je jamais tenu rigueur.

La grossesse et la maternité la rendirent encore plus jolie, mais pas plus réservée. Je n'allais pas l'en blâmer, car y a-t-il rien au monde de plus touchant qu'une jeune femme enceinte et de plus attendrissant qu'une jeune maman ? Quand je la voyais assise sur le seuil de la maison, découvrant un peu le sein pour le donner au bébé, je ne pouvais m'empêcher d'en être plus amoureux et il ne me serait pas venu à l'esprit de lui reprocher la négligence de sa conduite.

A vingt-quatre ans, j'avais déjà un garçon et une fille. Mais, pour ce qui est d'avoir des enfants, le mérite du mari est plutôt mince ! Lorsqu'il est de bonne humeur, il prend le bébé dans ses bras et joue avec lui un instant ; mais tous les ennuis sont pour la femme. Quand on n'est pas un imbécile, c'est une chose qu'on peut saisir sans attendre que quelqu'un vous le dise. Il est vrai que l'aide que les hommes veulent parfois apporter à leur femme ne sert finalement à rien.

Raison de plus pour qu'un mari tant soit peu compréhensif donne à son épouse plus de liberté et d'indépendance. Pour brimer une femme enceinte ou une jeune maman, ma parole, il faut vraiment être bête et méchant ! A partir du moment où elle a eu un enfant, j'ai donc laissé faire davantage mon épouse : je trouvais ça naturel et juste.

Pour dire les choses de façon imagée, un ménage est comme un arbre qui fleurit avec la venue des enfants : la profondeur de ses racines ne se révèle qu'avec la floraison. Lorsque celle-ci s'est produite, il n'y a pratiquement plus lieu de s'inquiéter ou de se montrer jaloux : les enfants en bas âge ligotent solidement leur mère. C'est pourquoi, j'avais beau juger ma femme un peu trop familière, pour ne pas dire dévergondée, je ne pouvais être vraiment inquiet, puisqu'elle était mère de famille.

IV

Encore aujourd'hui, je n'arrive pas à comprendre au fond ce qui m'est arrivé. Tout ce que je sais, c'est que, lorsque ma femme m'a plaqué pour s'enfuir avec un autre, j'ai failli devenir fou. Mais je ne comprends toujours pas. Je n'étais pourtant pas quelqu'un d'obtus : non seulement je passais mon temps à m'entremettre pour autrui, mais je savais comment on doit s'y prendre avec les gens, et j'étais le premier à connaître aussi bien mes défauts que mes qualités. N'empêche que dans le cas précis, j'ai eu beau chercher, je n'ai rien trouvé qui justifie une honte et un châtiment pareils. Faute d'avoir découvert d'autres raisons, je ne puis dire qu'une chose :

ce qui m'a porté malheur, c'est mon intelligence et ma gentillesse.

L'homme qui était parti avec ma femme était un compagnon d'apprentissage plus âgé que moi, que tout le monde surnommait le Noiraud. C'est ainsi que je l'appellerai moi-même, préférant ne pas révéler sa véritable identité, bien qu'il s'agisse de mon rival. On lui avait donné ce surnom parce qu'il n'avait pas le teint clair, et quand je dis qu'il n'avait pas le teint clair, c'est qu'il l'avait plutôt noir. Son visage avait la couleur de ces boules de fonte que les gens roulaient autrefois au creux de leurs mains pour s'assouplir les doigts, un brun très foncé mais en même temps très lisse et brillant, attirant à force d'être luisant. Quand il avait bu deux coupes de vin ou lorsqu'il avait trop chaud, sa figure s'empourprait : on aurait dit des nuages noirs au soleil couchant, tout illuminés de rouge. Pourtant, les traits de son visage n'avaient rien de spécialement beau ; j'étais même beaucoup mieux que lui. Il était grand, mais sa taille, loin de paraître imposante, lui donnait un air dégingandé. Pour tout dire, il n'aurait pas eu ce teint noir et éclatant, sa physionomie aurait été plutôt rebutante.

Avec lui, j'étais toujours très amical. Non seulement il était mon compagnon d'apprentissage, mais il était si naïf et mal dégrossi que, même si je ne l'avais pas aimé, je n'aurais eu aucune raison de le soupçonner. La tournure d'esprit qui était la mienne ne me préparait pas à me méfier particulièrement des gens. Au contraire, je croyais que mes yeux ne pouvaient pas se tromper, si bien que, lorsque je me faisais confiance, je faisais aussi confiance à autrui. Jamais je n'aurais pensé qu'un de mes amis irait jusqu'à me jouer dans le dos des tours pareils. A partir du moment où j'avais décidé de me lier avec quelqu'un, je le traitais véritablement en ami. Dans le cas du compagnon en question, même si j'avais eu quelque raison de le soupçonner, je lui devais de toute façon le respect et l'hospitalité, puisqu'il était plus âgé que moi. Nous avions appris le métier avec le même maître, nous nous retrouvions au même coin de rue pour gagner notre vie et, qu'il y eût ou non du travail, nous ne pouvions pas ne pas nous rencontrer plusieurs fois par jour. Quand on connaît si bien quelqu'un, comment ne pas le tenir pour un ami ?

Lorsqu'il y avait du travail, nous allions le faire ensemble, et quand il n'y en avait pas, il venait toujours manger ou boire le thé chez moi ; parfois, on tapait un carton [1], le mah-jong, à l'époque, n'étant pas encore très répandu. Il répondait à mon amabilité sans faire de façons. On mangeait et buvait ce qu'il y avait, car je ne lui préparais jamais rien de spécial et lui ne faisait aucune remarque. Il mangeait beaucoup, mais il n'était pas difficile sur la nourriture. Je le revois encore, un grand bol dans les mains, en train de manger avec nous, par exemple, une soupe de nouilles : c'était un spectacle réjouissant. Son cou ruisselait de sueur de tous les côtés, sa bouche faisait entendre un sifflement sonore et son visage devenait de plus en plus cramoisi, se transformant petit à petit en une sorte de gros boulet de charbon rougeoyant. Qui aurait dit qu'un homme comme ça couvait de noirs desseins ?

Au bout d'un certain temps, à voir les œillades qu'on échangeait, je découvris que tout n'allait pas pour le mieux dans le meilleur des mondes. Mais je ne pris pas la chose tellement à cœur. Un imbécile n'y aurait probablement pas été par quatre chemins : il se serait dit qu'il n'y a jamais de fumée sans feu et aurait fait immédiatement un grabuge de tous les diables. Mais il

1. *Suorhu :* ancien jeu pékinois, utilisant, comme le tarot, des cartes à jouer plus longues que les cartes ordinaires.

aurait eu alors autant de chances de se casser le nez sans l'ombre d'une preuve que de tirer aussitôt l'affaire au clair. Circonspect comme je l'étais, je me refusai donc à agir à l'aveuglette et me donnai le temps de réfléchir un peu posément.

M'interrogeant d'abord moi-même, je ne trouvais rien à me reprocher : même avec tous les défauts que je pouvais avoir, je l'emportais encore sur le compagnon pour ce qui était de l'élégance, de l'intelligence et de la personnalité. Lui-même, d'ailleurs, n'avait visiblement pas la tête à faire le mal, encore moins le comportement ou les ressources nécessaires ; ce n'était pas le genre de type à séduire une femme à la première rencontre.

Pour finir, l'examen minutieux que j'avais entrepris se porta sur ma jeune épouse : il y avait déjà quatre ou cinq ans qu'elle était avec moi, et on ne pouvait pas dire que nous n'étions pas heureux de vivre ensemble. En admettant même que son bonheur ait été feint et qu'elle fût capable de suivre quelqu'un qu'elle aimait vraiment, ce qui, à l'époque, était pratiquement impossible, il ne pouvait s'agir du Noiraud. Nous étions tous les deux de simples artisans, et sa condition n'était en rien supérieure à la mienne. De même, il n'était ni plus riche, ni plus beau, ni plus jeune que moi. Alors, que pouvait-elle bien avoir dans la tête ? Je l'ignorais. A la rigueur, elle pouvait s'être laissé séduire, mais lui, pour un séducteur, manquait sérieusement de moyens : c'était absurde ! Ah ça ! Si j'avais voulu, c'est plutôt moi qui aurais pu jouer les séducteurs : à défaut d'avoir beaucoup d'argent, moi, au moins, j'avais de l'allure ! Tandis que lui, le Noiraud, je ne voyais vraiment pas ce qu'il pouvait avoir pour lui ! En supposant même qu'elle ait eu un instant d'égarement et n'ait plus su distinguer le bien du mal, comment aurait-elle consenti à se séparer de ses deux gosses ?

Je ne pouvais donc croire ce qui se disait, ni rompre sur-le-champ avec le Noiraud, encore moins aller tout bêtement l'interroger, elle. J'avais tout envisagé, mais, n'ayant trouvé aucune faille, je n'avais d'autre solution que d'attendre patiemment que les gens comprennent enfin qu'ils s'étaient fait inutilement du souci. Quand bien même ils n'auraient pas répandu de faux bruits, j'étais obligé d'ouvrir l'œil, car je ne pouvais tout de même pas nous rouler tous sans raison dans la boue, moi, mon ami et ma femme. Quand on est tant soit peu intelligent, on ne fait pas les choses inconsidérément.

Seulement voilà, peu de temps après, le Noiraud et ma femme disparurent. Et depuis, je ne les ai jamais revus. Pourquoi avait-elle accepté de le suivre ? C'est une chose que je n'aurais pu comprendre qu'en la voyant, elle, et en lui faisant cracher le morceau. Car mon esprit à moi n'a jamais suffi à éclaircir l'affaire. J'ai d'ailleurs gardé longtemps l'espoir de la revoir un jour, uniquement pour comprendre un peu ce qui s'était passé. Mais aujourd'hui encore, je suis toujours dans le noir le plus complet.

Sur les sentiments qui furent alors les miens, à quoi bon m'étendre moi-même ? Tout le monde peut imaginer ce que c'est pour un homme jeune et à la tenue élégante que de se retrouver chez lui avec deux gamins qui n'ont plus leur mère. Ce que c'est pour un homme intelligent et strict que de voir la femme qu'il aime filer avec un de ses compagnons, et l'affront public que cela représente. Les gens qui avaient de la sympathie pour moi n'osaient pas ouvrir la bouche, et ceux qui ne me connaissaient pas, quand on leur racontait la chose, se gardaient toujours d'incriminer mon compagnon et avaient tôt fait de me traiter de cocu. Dans une société comme la nôtre, qui se prétend fondée sur la piété filiale, le respect fraternel, la loyauté et la bonne foi, on aime bien qu'il y ait un cocu, que tout le monde puisse montrer du doigt. De mon côté, je restais bouche cousue et serrais les dents ; une seule image me hantait : celle de leurs deux silhouettes dans une mare de sang. A la première rencontre, je les aurais frappés d'un coup de couteau sans autre forme de procès. A l'époque, l'esprit de vengeance qui m'habitait me semblait le seul qui fût digne d'un homme. Mais maintenant que les années ont passé, je songe plutôt au rôle que cette affaire a joué dans ma vie.

Espérant obtenir des nouvelles du Noiraud, je courus m'informer un peu partout. Mais c'était peine perdue : tous les deux avaient réellement disparu comme pierres au fond de l'océan. Faute de recueillir des renseignements exacts, ma colère, peu à peu, se dissipa et, chose curieuse, en se dissipant, elle fit place à de la pitié pour ma femme. Le Noiraud, en effet, comme colleur, ne pouvait trouver du travail que dans une grande ville proche de Pékin ou de T'ien-tsin, car, à la campagne, on n'avait pas besoin d'effigies aussi recherchées que celles que nous faisions. Si, donc, ils avaient fui plus loin, avec quoi pouvait-il la faire vivre ? Puisqu'il avait été capable de voler sa femme à son meilleur ami, qu'est-ce qui aurait bien pu l'empêcher de la vendre ? A cette idée, la peur me torturait l'esprit. Je m'attendais vraiment que, tout à coup, elle me revienne après lui avoir échappé, et me dise comment elle était tombée dans le piège, ainsi que les misères qu'il lui avait fait subir. Si elle s'était alors jetée vraiment à mes genoux, je crois que je n'aurais pas pu ne pas la garder : quand on aime une femme, on l'aime pour toujours, sans tenir compte des bêtises qu'elle a pu faire. En même temps, comme je voyais qu'elle ne revenait pas et que je n'avais aucune nouvelle, j'étais partagé entre la haine et la pitié, et j'avais l'esprit si ballotté que parfois je ne pouvais fermer l'œil de toute la nuit.

Au bout de plus d'un an, ces sentiments contradictoires avaient néanmoins perdu beaucoup de leur force. J'étais, certes, incapable de l'oublier, et je le serai toute ma vie, mais je me dis que je n'allais pas me tracasser pour elle plus longtemps. Je m'inclinai devant la vérité incontestable des faits et ne me sentis plus obligé de m'en soucier davantage.

Pourtant, en ce qui me concerne, les choses n'étaient pas finies et je vais en parler, car cette affaire que je n'ai jamais réussi à élucider a eu sur toute ma vie une influence énorme. C'était comme si, ayant perdu en rêve ma femme chérie, je m'étais réveillé en découvrant qu'elle avait réellement disparu sans laisser la moindre trace. Non seulement le rêve était incompréhensible, mais qui aurait bien pu supporter de le voir se réaliser ? Un homme qui a fait un tel rêve, ou bien devient fou, ou bien ne peut en sortir que très profondément transformé : n'a-t-il pas perdu la moitié de sa vie ?

V

Au début, je ne voulais même pas sortir de ma chambre : je craignais jusqu'à la lumière et à la chaleur du soleil. Le plus dur fut lorsque je mis pour la première fois les pieds dans la rue. Si j'avais marché la tête haute comme si de rien n'était, il y aurait eu sûrement des gens pour dire que je n'avais jamais su ce qu'était la honte. Si j'avais, au contraire, baissé la tête, c'eût été reconnaître moi-même ma lâcheté. Mais, dans les deux cas, c'était moi qui avais tort. Pourtant, je n'avais rien à me reprocher, ni offensé personne.

Rompant avec des années d'abstinence, je me remis alors à fumer et à boire. Guigne ou pas guigne, ça m'était égal : il ne pouvait y avoir pire emmerdement que de perdre sa femme ! Je ne demandais pas aux gens d'avoir pitié de moi et n'avais par ailleurs aucune raison de chercher volontairement querelle à quiconque ; je fumais et buvais donc tout seul, gardant mes ennuis pour moi. Pour éliminer les superstitions, il n'y a rien de tel qu'un malheur qui vous tombe dessus sans qu'on l'ait prévu. Auparavant, il n'y avait pas une divinité à qui j'aurais osé déplaire, et voilà que je ne croyais plus à rien, même pas au Bouddha Vivant ! A force de réfléchir, je m'étais rendu compte que la superstition, c'est bon seulement quand on espère obtenir un bienfait inattendu ; quand c'est au contraire un malheur tout à fait imprévu qui vous arrive, on n'a plus d'espoir et on ne croit naturellement plus à rien. J'ai alors brûlé les niches du Dieu de la Richesse et du Seigneur du Fourneau [1] que j'avais fabriquées de mes propres mains. Beaucoup de gens autour de moi prétendirent que j'étais devenu un renégat [2] ; en fait, je n'étais pas plus chrétien que musulman, j'avais simplement décidé de ne plus m'incliner devant personne. Lorsqu'on ne peut même plus se fier aux hommes, on a encore moins de raisons de compter sur les dieux.

Je ne suis pas non plus devenu neurasthénique. Bien qu'il y eût effectivement de quoi mourir de chagrin, je n'allais tout de même pas m'enfoncer dans une pareille impasse. Etant par nature un homme plein d'entrain, je me disais qu'à tant faire que de continuer à vivre, il valait mieux ne pas perdre ma bonne humeur. Il est vrai que souvent un grand malheur que l'on n'attend pas est capable de transformer du jour au lendemain

1. *Caishen* et *Zaowang :* les deux principales divinités domestiques.
2. *Ermaozi :* terme de mépris désignant les Chinois convertis par les missionnaires étrangers.

les habitudes et le caractère d'un homme ; mais dans mon cas personnel, j'avais décidé de ne pas me laisser abattre. Fumer, boire, ne plus croire aux dieux étaient donc autant de moyens pour moi de manifester mon entrain. Que ma joie fût vraie ou fausse, ça m'était égal : l'important était d'être gai ! Lorsque j'étais apprenti, je connaissais déjà le truc ; l'épreuve que je venais de traverser ne fit par conséquent que me renforcer dans l'idée qu'il n'y avait pas d'autre attitude à avoir. Aujourd'hui encore, alors même que je suis sur le point de mourir de faim, je suis toujours en train de rire, je ris, sans bien savoir moi-même si ce rire est forcé ou non, et je garderai le sourire tant que je ne serai pas mort. Mais au fond de moi, même si je n'ai pas cessé depuis lors de rendre des services et de me montrer utile, j'ai senti qu'il y avait un vide. Quelque chose comme un trou laissé par une balle sur un mur. J'aimais aider les gens autant qu'auparavant, mais lorsque les choses tournaient mal ou quand je me heurtais à des difficultés imprévues, je ne m'en faisais plus, ça ne m'irritait même plus : le vide que je ressentais au fond de moi me rendait indifférent. C'est depuis cette époque que je ne puis jamais être très chaleureux sans être en même temps un peu froid, jamais très gai sans être en même temps un peu triste, et que le rire chez moi se mêle souvent aux larmes, sans qu'il soit possible de les distinguer nettement.

Tous ces changements qui se sont produits en moi, si je n'en avais pas parlé moi-même, sans du reste pouvoir tout dire, peut-être que les autres ne les auraient pas soupçonnés. En revanche, tout le monde a pu constater ceux qui eurent également lieu dans ma vie. Je changeai en effet de métier et renonçai au travail de colleur. J'aurais eu honte d'aller à nouveau au coin de la rue attendre le client : les collègues qui me connaissaient, connaissaient aussi forcément le

Noiraud et rien que leurs regards insistants m'auraient empêché de manger. A cette époque où les journaux n'étaient pas très répandus, les yeux des gens étaient plus à craindre que les échos de la presse. Aujourd'hui, il suffit d'une déclaration devant le *yamen* pour divorcer, alors qu'autrefois ces affaires matrimoniales ne s'arrangeaient pas aussi facilement que ça. Je laissais alors tomber tous les amis que j'avais dans le métier; même le patron et la patronne, je n'avais plus aucune envie d'aller les voir, et tout ce que je souhaitais, c'était de changer complètement de milieu, de sauter, pour ainsi dire, d'un seul bond du monde dans lequel j'étais dans un autre. A mes yeux, il n'y avait pas d'autre moyen de garder toute l'affaire pour moi. Au train où allaient les choses, la vie devenait de plus en plus difficile pour les colleurs, mais je dois avouer que sans cette affaire, je n'aurais pas changé de métier aussi vite, ni aussi carrément. En abandonnant mon ancien travail, je n'ai eu aucun regret, mais je n'en étais tout de même pas à me féliciter des circonstances dans lesquelles je le quittais! Enfin peu importe, la seule chose qui comptait était de faire savoir que j'avais changé de métier.

Sur ce point, ma décision était prise, mais ça ne voulait pas dire que je savais au juste ce que j'allais faire à la place. Je fus donc contraint d'aller à l'aventure, comme un bateau vide qui flotte à la surface de l'eau sans avoir d'autre boussole que la crête de la vague. Cependant, ainsi que je l'ai indiqué au début, je connaissais suffisamment mes caractères pour imaginer que je pourrais toujours faire un travail de copiste et occuper un poste de petit fonctionnaire. Et comme ça fait bien d'être dans l'administration, je me disais même que pour un homme qui, comme moi, s'était fait plaquer par sa femme, ce serait sûrement un moyen de regagner un peu de considération que d'y entrer.

Quand j'y songe aujourd'hui, je trouve que cette idée était plutôt ridicule, mais, à l'époque, je croyais sincèrement que c'était la meilleure façon de m'en sortir. En réalité, tout restait à faire, mais j'étais très content, comme si j'étais déjà assuré de trouver un poste et de regagner du même coup la considération des gens. Rien qu'à cette idée, je relevais très haut la tête.

Le malheur, c'est qu'on ne devient pas fonctionnaire comme on apprend le métier d'artisan : dans un cas, il fallait trois ans, alors que, dans l'autre, il en aurait peut-être bien fallu trente ! Toute une série de difficultés m'attendaient aussi au tournant ! Quand je dis que je savais lire ! Mais c'est que les gens capables de réciter par cœur tout un livre étaient légion et ils crevaient de faim ! Pour ce qui était de savoir écrire, on ne pouvait vraiment pas dire que le cas fût exceptionnel ! Je m'étais fait décidément une trop haute idée de moi-même ! Pourtant, à y bien regarder, je m'aperçus que tous ces gens qui occupaient de hautes fonctions et passaient leur temps à faire des festins étaient illettrés au point de reconnaître à peine leur propre nom. J'en vins à me demander si, dans le fond, je n'avais pas trop d'instruction, en tout cas plus qu'il n'en fallait pour être fonctionnaire... Intelligent comme j'étais, comment aurais-je pu éviter de paraître stupide ?

Petit à petit, j'ai fini par comprendre. En fait, ce n'était pas le savoir qui comptait, mais d'abord le piston. Il fallait avoir des relations. Or, c'était simple : je n'en avais pas, quel que fût mon talent par ailleurs. J'étais un artisan, et les gens que je connaissais aussi. Quant à mon père, il avait beau avoir toutes les qualités du monde, c'était également un homme du peuple. Dans ces conditions, où aurais-je bien pu me présenter pour briguer un poste ?

Quand les circonstances vous ont forcé à emprunter une route, on ne peut plus en prendre d'autre : c'est comme le train qui est obligé de suivre ses rails et ne peut que se renverser en cas d'incident ! Avec moi, ce fut pareil. Ayant décidé d'abandonner l'artisanat et n'ayant pu trouver de place dans l'administration, je ne pouvais pas rester là à ne rien faire. Aussi, lorsque je vis que devant moi les rails étaient déjà posés, il fallut bien que je me résigne à avancer, faute de pouvoir reculer.

Je devins alors agent de police.

Pour les pauvres des grandes villes, la police et le pousse-pousse sont deux voies toutes tracées. Quand on ne sait pas lire le moindre caractère et qu'on n'a pas appris de métier, la seule solution est de tirer un pousse. Un tireur de pousse n'a besoin d'aucun capital : pour manger du *wowotou,* la sueur suffit. Mais pour quelqu'un qui connaît quelques caractères et tient à sa réputation, pour un artisan qui ne gagne plus sa vie, la solution, c'est de s'engager dans la police. Le premier avantage est qu'on n'a pas tellement besoin de piston pour être pris ; le second, c'est que, dès qu'on est engagé, on a droit à une tenue complète et à six *yuans* d'avance. On peut ne pas aimer mais, au moins, on a un emploi. En ce qui me concerne, c'était en tout cas la seule voie à suivre. D'un côté, je n'en étais pas encore au stade où il n'y a plus qu'à tirer un pousse, et, de l'autre, je n'avais ni oncle maternel ni beau-frère dans les hautes sphères de l'administration. La police était donc juste ce qu'il me fallait : ce n'était viser ni trop haut ni trop bas, et je n'avais qu'un mot à dire pour revêtir l'uniforme aux boutons de cuivre. Par comparaison, j'aurais eu meilleur compte à m'engager dans l'armée : à défaut de passer officier, on peut au moins profiter un peu des pillages. Mais je ne pouvais pas devenir soldat, pour la bonne raison que j'avais encore chez moi deux gosses et plus de mère pour s'en occuper ! Et puis, les soldats sont des brutes (*ye*), alors que, chez les agents de police, on est plus civilisé (*wenming*) ; autrement dit, les uns peuvent s'en mettre plein les poches, tandis que les autres sont condamnés à être pauvres et civilisés toute leur vie : terriblement pauvres et si vaguement civilisés !

Quand je pense aux cinquante ou soixante ans d'expérience que j'ai derrière moi, je puis dire au moins une chose : même lorsqu'on aime comme moi à s'entremettre, on a tout intérêt à ne pas parler à tort et à travers, à tout propos et hors de propos. Le malheur, c'est qu'avec la langue bien pendue qui était la mienne, je ne pouvais jamais m'empêcher de placer un mot ou de donner un sobriquet à quelqu'un. Par deux fois, je n'ai eu donc que ce que je méritais. La première, lorsque, plaqué par ma femme, j'ai dû me taire pendant un ou deux ans. La seconde, lorsque je suis entré dans la police. Avant que j'y entre, je traitais, en effet, les agents de toutes sortes de noms : « chargés de mission des boulevards », « chanceliers de la guérite », « inspecteurs aux pieds puants[1] ». Ce faisant, je n'inventais rien, j'indiquais seulement les hautes fonctions qui étaient les leurs. Or voilà que j'étais moi-même devenu un de ces « inspecteurs aux pieds puants » ! Quand on dit que la vie n'est qu'une blague qu'on se fait à soi-même, c'est bien vrai ! Mais si je me suis moi-même donné des claques, au moins ce n'était pas parce que j'avais fait quelque chose de contraire à la morale ; c'était tout simplement parce que j'aimais plaisanter. Cela, en tout cas, me montra que la vie est une chose sérieuse, où la moindre plaisanterie n'a pas sa place ! Heureusement, j'avais ce vide en moi : je ne pouvais plus me moquer d'autrui sans me moquer également de moi-même. C'était une façon comme une

1. Autant de parodies des titres comptant parmi les plus élevés dans la hiérarchie mandarinale.

autre de m'en sortir. Autrefois, on appelait ça « passer une simple couche de plâtre » (*moxini*) ; il doit y avoir aujourd'hui une nouvelle expression, mais je ne la connais pas.

Lorsque je me vis réduit à entrer comme simple agent dans la police, je trouvai la chose assez injuste. Certes, mes talents n'avaient rien d'exceptionnel, mais j'ose affirmer que, pour tout ce qui se passait dans la rue, mes connaissances étaient très supérieures à la moyenne, et je pensais qu'elles me serviraient précisément dans mon nouveau métier. C'était bien mal connaître les officiers de police : il y en avait notamment un qui ne parlait même pas la langue locale et mettait un bon bout de temps rien que pour savoir si deux et deux font quatre ou cinq. Eh bien, ça ne l'empêchait pas d'être officier, et moi de me retrouver simple « recrue » ! Sa seule paire de bottes de cuir valait au moins la moitié de ma solde annuelle ! Ainsi, on pouvait être officier sans avoir la moindre expérience ni la moindre aptitude ! Et des supérieurs comme ça, il y en avait des tas ! C'était révoltant, mais je n'avais personne auprès de qui me plaindre. Je me rappelle en particulier un officier instructeur qui, la première fois qu'il nous enseigna l'exercice, au lieu de dire « garde à vous », cria : « halte ! » Ce noble sieur était sûrement un ancien tireur de pousse. En fait, il suffisait d'avoir du piston pour que ça marche : celui qui, la veille, tirait encore un pousse, pouvait du jour au lendemain se retrouver officier instructeur, simplement parce que, dans l'intervalle, un de ses oncles par alliance était devenu mandarin ! Le fait même de crier « halte ! » n'avait, par ailleurs, aucune importance : personne ne se serait permis de se moquer d'un officier !

Naturellement, ils n'étaient pas tous comme ça, mais avec un pareil instructeur, on peut imaginer l'atmosphère relâchée et le niveau lamentable de l'exercice qu'on nous enseignait. Quant à l'instruction en salle, il était bien évident que ce genre d'instructeurs en étaient incapables : il aurait au moins fallu qu'ils sachent quelques caractères, ne serait-ce que pour éviter de perdre la face. Nos instructeurs en salle se divisaient donc approximativement en deux catégories. D'un côté, il y avait des vieux, pour la plupart opiomanes; s'ils avaient su un peu de quoi ils parlaient, rien qu'avec les relations qu'ils avaient, ils auraient pu devenir de hauts fonctionnaires, mais comme ça n'était pas le cas, ils étaient seulement devenus instructeurs. De l'autre, il y avait de jeunes types qui ne parlaient que de choses étrangères et traitaient en long et en large de la police japonaise ou des contraventions en France, comme si nous avions tous été des diables étrangers... L'avantage, avec eux, c'était qu'ils racontaient tout ce qui leur passait par la tête et qu'on pouvait piquer un roupillon tout en les écoutant; comme personne ne savait très bien ce qu'était le Japon ou la France, ils pouvaient dire n'importe quoi. Moi-même, j'aurais très bien pu faire tout un cours sur les Etats-Unis; malheureusement, je n'étais pas instructeur. En réalité, il n'y avait pas moyen de savoir si les petits gars en question comprenaient ou non les choses étrangères dont ils nous rebattaient les oreilles. Ce qu'il y avait de sûr, c'est qu'ils ignoraient tout de la Chine. Par l'âge comme par le savoir, ces deux catégories d'instructeurs étaient très différentes, mais ils avaient néanmoins un point commun : ils étaient tous dans la même situation, ne pouvant ni s'élever ni s'abaisser dans la hiérarchie, donc condamnés à assurer tant bien que mal leurs fonctions. Pourtant, ils bénéficiaient de hautes protections, mais ils étaient d'une telle médiocrité que ce travail d'instruction était encore celui qui leur convenait le mieux. Quoi de plus facile, en effet, que d'instruire des agents de police qui, pour six *yuans* par mois, n'osaient pas ouvrir la bouche ?

En dehors des instructeurs, les autres gradés ne valaient guère mieux. Quand on peut être sous-préfet ou percepteur des impôts, on ne va pas faire carrière dans la police. Mais lorsqu'on ne peut pas, il faut bien vivre d'une manière ou d'une autre. Ce que j'ai dit tout à l'heure des instructeurs était vrai aussi des autres officiers. D'un bout à l'autre de l'échelle, tous ces types n'avaient aucun avenir devant eux et ils étaient obligés de faire un peu n'importe quoi pour vivre. Lorsqu'il s'agit de gagner sa croûte, même les ours peuvent porter la palanche. En revanche, les simples agents, qui passaient toute leur journée dans la rue, devaient avoir un minimum de compétence. Certains s'en sortaient mieux que d'autres, mais à tous on demandait au moins d'avoir de la repartie, de savoir agir au bon moment et réduire autant que possible les incidents ; il leur fallait à la fois éviter de créer trop d'ennuis à l'administration et satisfaire toutes les parties en cause. Pour ça, qu'on le reconnaisse ou non, un certain talent était nécessaire. Des officiers, on n'exigeait pas tant ! Comme quoi, il est plus facile d'être le Roi des Enfers qu'un simple diablotin !

VI

On va peut-être me trouver arrogant, mais on aurait tort. Car, quand je dis que je m'estimais victime d'une injustice, c'était parfaitement vrai. Pensez donc ! Avec six *yuans* par mois, je gagnais tout juste autant qu'un domestique et n'avais même pas droit aux « à-côtés[1] ». Six *yuans* en tout et pour tout : quel salaire de misère pour un adulte tel que moi ! Pour quelqu'un qui se tenait droit, se présentait plutôt bien, était dans la fleur de l'âge, avait de la repartie et, par-dessus le marché, savait lire et écrire ! Et dire que toutes ces qualités réunies ne valaient pas plus de six *yuans !*

Sur cette misérable solde, une fois enlevés les trois *yuans* et demi de nourriture, il fallait encore soustraire les contributions et les cadeaux, ce qui faisait qu'il me restait à peine deux *yuans*. Pour s'habiller, on pouvait naturellement mettre l'uniforme, mais, une fois terminées les heures de service, on n'allait tout de même pas rentrer chez soi en tenue ! On avait donc au minimum besoin d'une robe[2] ou de quelque chose d'équivalent. Si on se la faisait faire, toute la solde du mois y passait. Et puis, qui n'avait pas une famille à entretenir ? Il y avait les parents, mais n'en parlons pas pour l'instant. Envisageons seulement le cas d'un ménage : il fallait au moins une pièce où loger et de quoi nourrir et vêtir sa femme. Tout ça avec deux *yuans* ! Quelqu'un qui n'avait pas d'autre revenu ne pouvait se permettre ni de tomber malade, ni d'avoir des enfants, ni de fumer, ni de manger un peu en dehors des repas, car, même à ce régime, on ne joignait pas les deux bouts à la fin du mois !

Dans ces conditions, je n'arrive pas à comprendre qu'il y ait des gens pour marier leur fille à quelqu'un de la police. J'ai pourtant servi souvent d'intermédiaire pour des collègues. Quand je disais à la famille de la fille ce qu'ils faisaient, les gens tordaient toujours le nez, ils ne disaient rien, mais on voyait tout de suite ce qu'ils pensaient : « Ah bon ! Il est dans la police ! »

1. *Waizhaor :* gratifications diverses que les domestiques touchaient en plus de leur salaire, notamment lors des réceptions.
2. *Dagua :* robe ordinaire portée par les gens simples.

Mais cette réaction de leur part ne me faisait pas peur, car, neuf fois sur dix, la moue était suivie d'un hochement de tête positif. Y aurait-il trop de filles à marier sur la terre ? Je me le demande.

A tout point de vue, un agent de police est du reste forcé de faire bonne figure : il ne doit s'exposer ni à la risée ni à la commisération du public. Une fois revêtu l'uniforme, il lui faut être à la fois propre et correct, efficace et respecté : c'est lui qui règle tout dans la rue, aussi bien la circulation des passants et des voitures que les bagarres et les altercations. Il a donc un poste important ; n'empêche qu'une fois défalquée la nourriture, il ne lui reste guère que deux *yuans* pour vivre jusqu'à la fin du mois. Alors, il doit faire comme s'il n'avait pas l'estomac vide et se tenir bien droit, mais, le moment venu de se marier et d'avoir des enfants, il ne peut pas compter sur un sou de plus. Aussi, je commençais toujours une proposition de mariage en disant : « Le jeune homme a un emploi dans l'administration ! » sans préciser lequel ; les gens, heureusement, ne cherchaient pas à en savoir davantage, car une question de plus aurait tout gâché !

De fait, les agents de police ont toujours trouvé leur sort injuste. Mais ils n'en sont pas moins contraints de faire leur ronde de nuit par tous les temps. Et pas question de tirer un peu au flanc : on risquerait de se retrouver à la porte. Pas question non plus de se plaindre : on sait très bien que ce n'est pas une vie, mais on tient d'abord à sa place, et on ne va pas la perdre pour la regretter ensuite. On fait donc son travail, mais sans zèle superflu, et on vit, comme tout le monde, au jour le jour, en feignant d'avoir de l'énergie, comme au *taijiquan* [1].

1. La boxe chinoise, qui n'est pas fondée sur la force physique apparente mais sur la souplesse et la concentration.

Qu'un métier pareil puisse exister et qu'il y ait autant de gens pour le faire m'a toujours étonné. Si jamais il m'arrivait, après cette vie, de renaître sous la forme d'un autre homme sans avoir bu le philtre de l'oubli [1], je suis sûr qu'au souvenir de ma vie actuelle je me mettrais à crier à me rompre le gosier et que je dénoncerais le métier d'agent comme une honte, une escroquerie, un meurtre qui ne dit pas son nom ! Mais maintenant, je suis trop vieux et je ne vais pas tarder à mourir de faim ; j'ai autre chose à faire que de crier : il faut d'abord que je m'occupe de trouver un *wowotou* pour dîner !

Naturellement, lorsque je suis entré dans la police, je n'ai pas découvert le pot aux roses du jour au lendemain : on a beau être malin... Au contraire, j'étais assez content au début : avec mon uniforme qui m'allait bien, avec mes bottes et mon képi, j'avais réellement de l'allure, et puis je me disais qu'après tout c'était mieux d'avoir une place que de ne pas en avoir du tout. Grâce à mon intelligence et mon talent, je me figurais que j'aurais sûrement de l'avancement sans tarder. Reluquant les étoiles et les galons de mes supérieurs, j'imaginais que je pourrais en avoir autant qu'eux, et jamais je n'aurais songé qu'on puisse les distribuer autrement qu'en fonction du mérite et des capacités.

Mais une fois passé l'attrait du nouveau, j'en ai eu vite marre de l'uniforme. Au lieu de me faire respecter, il ne servait qu'à prévenir les gens : « Tiens, vlà un flic ! » Et en lui-même, il n'avait rien d'agréable. L'été, on aurait dit une vraie peau de buffle et on crevait de chaud dedans ; l'hiver, ça n'avait plus rien d'une peau et ça ressemblait plutôt à du papier de colleur ; on ne pouvait rien mettre par-dessous, le vent s'infiltrait par-

1. *Mihuntang :* breuvage servi aux Enfers et destiné à faire oublier aux êtres en passe de se réincarner leur existence antérieure.

devant pour ressortir par-derrière : un vrai courant d'air ! Et les bottes, c'était pareil. L'hiver, on avait froid ; l'été, on avait trop chaud : on n'était jamais bien avec. Quand on mettait une paire de chaussettes ordinaires, les pieds flottaient dedans, et lorsqu'on mettait des doubles, les bottes vous serraient trop et on n'arrivait pas à les enfiler. Je ne sais pas combien de gens avaient fait fortune en obtenant le monopole de la fabrication de ces uniformes et de ces bottes. Tout ce que je sais, c'est que j'avais toujours les pieds en marmelade : en été, à cause des champignons ; en hiver, à cause des engelures. Naturellement, on n'était pas pour autant dispensé de patrouille ou de faction : si jamais on n'y allait pas, adieu les six *yuans* ! Lorsqu'il faisait une chaleur torride ou un froid glacial, tout le monde sauf nous avait le droit de trouver un abri ; même les tireurs de pousse étaient libres de se reposer le temps qu'ils voulaient. Les agents de police étaient les seuls à devoir travailler par tous les temps. Et tant pis si vous creviez alors pour de bon : avec six *yuans* payés comptant, on pouvait acheter une vie humaine !

Je me souviens avoir lu quelque part une phrase qui disait : « On ne travaille bien que le ventre plein. » Je ne sais pas à propos de quoi on l'employait, mais en tout cas elle s'appliquerait assez bien aux agents de police. Le plus triste, en effet, et le plus drôle en même temps, était que des gens qui, comme nous, ne mangeaient pas à leur faim étaient malgré tout obligés de tenir bon et d'avoir toujours un air très correct dans la rue ! Les mendiants, même quand ils n'ont pas faim, se plient en deux, rien que pour faire croire qu'ils n'ont pas mangé depuis plusieurs jours. En revanche, les agents de police ont beau avoir le ventre vide, ils doivent à tout prix faire semblant de l'avoir plein et se gonfler la panse, comme s'ils venaient juste d'avaler trois grands bols de nouilles à l'émincé de poulet. On peut comprendre que des mendiants feignent d'avoir faim, mais que des agents de police jouent aux personnes bien nourries, je trouve ça vraiment drôle !

Les gens n'ont, d'ailleurs, jamais aimé la façon qu'ont les agents de police de régler tant bien que mal les affaires, en passant une simple couche de plâtre. Hé ! S'ils en passent, c'est qu'ils ont une raison pour cela. J'en parlerai plus longuement tout à l'heure. Auparavant, je voudrais rapporter une affaire effroyable, qui servira ensuite à éclairer et à illustrer mon propos. Je vais donc commencer par elle.

VII

Normalement, ce soir-là, il aurait dû y avoir de la lune, mais elle se cachait derrière de gros nuages, qui rendaient la nuit noire. J'étais juste en train de faire une ronde dans un endroit désert. Au milieu du silence qui m'entourait, le bruit de mes propres semelles cloutées et du sabre à la japonaise que, comme tous les agents de l'époque, je portais suspendu à la ceinture, ne faisait que renforcer l'impression de solitude et de malaise que j'éprouvais : pour un peu, il m'aurait fait peur. Un chat passant tout à coup devant moi ou un simple cri d'oiseau suffisait à me faire sursauter, et le vide que je ressentais me semblait de mauvais augure, comme si quelque chose de fâcheux m'attendait un peu plus loin. Sans avoir très peur, je n'étais pas rassuré, et je contrôlais même si peu mon appréhension que j'avais la paume des mains toute moite. Pourtant, d'ordinaire, j'étais plutôt courageux et ça ne m'aurait rien fait d'avoir à veiller sur le cadavre d'un mort ou à monter la garde devant une maison hantée. Mais je ne sais pas pourquoi, ce soir-là, j'avais la frousse et plus je me moquais de moi-même, plus j'avais l'impression qu'un danger se cachait quelque part. Si j'avais pu hâter le pas, je l'aurais fait volontiers, car je n'avais qu'une idée : rentrer au plus vite pour me retrouver enfin dans un endroit éclairé au milieu de visages familiers.

Soudain, j'entendis une fusillade ! Je m'arrêtai aussitôt, et le courage me revint un peu, comme cela arrive lorsqu'on se trouve vraiment en face du danger et qu'on n'est plus dans l'incertitude. Tel un cheval au cours d'une marche nocturne, j'étais là, l'oreille tendue, lorsque retentit une nouvelle série de coups de feu, suivie immédiatement d'une autre ! Le bruit alors cessa, mais je dressais toujours l'oreille, supportant si mal le silence que mon cœur se mit à battre très vite, comme quand on a vu un éclair et qu'on attend le coup de tonnerre. Pan, pan, pan, pan ! Les coups de feu éclatèrent dans toutes les directions.

Mon courage, à nouveau, faiblit. A la première fusillade, je m'étais ressaisi ; mais, cette fois-ci, les coups de feu étaient encore plus nombreux, le danger était bien réel et, comme tout homme devant la mort, je sentis la peur m'envahir. Je me mis subitement à courir, puis, au bout de quelques pas, je m'arrêtai brusquement pour écouter. Les coups de feu étaient de plus en plus denses, mais je ne pouvais rien voir : l'obscurité était si complète que je les entendais ; mais sans savoir pourquoi ils éclataient ni d'où ils partaient comme si, dans les ténèbres, il n'y avait eu que moi et, au loin, ce bruit de fusillade. Dans quelle direction courir ? Et qu'est-ce qui se passait au fond ? Un instant de réflexion s'imposait, mais je n'avais pas l'esprit à ça ; j'aurais eu beaucoup de courage que ça n'aurait servi à rien, vu que je ne savais pas à quoi m'en tenir.

Autant donc courir, car il valait toujours mieux bouger que de rester là bêtement à trembler. Je courus comme un fou, la main crispée sur la poignée de mon sabre. J'étais comme un chat ou un chien qui, sous le coup d'une frayeur, n'a pas besoin de réfléchir pour retrouver le chemin de sa maison. Oubliant complètement que j'étais agent de police, je me disais que mon premier devoir était de rentrer chez moi pour voir ce que devenaient ces malheureux enfants abandonnés par leur mère : à tant faire que de mourir, je pensais qu'il valait encore mieux mourir tous ensemble !

Pour retourner chez moi, j'avais plusieurs avenues à traverser. Or, à peine parvenu à la première, je compris qu'il n'était plus question de courir. L'avenue était noire de monde, pleine de silhouettes indistinctes qui couraient à toute allure en tirant des coups de fusil. C'était des soldats ! Et ils portaient la natte[1] ! Dire que je venais juste de me la faire couper quelques jours auparavant ! J'aurais bien dû suivre plutôt l'exemple de ceux qui, au lieu de la couper vraiment à ras, se l'étaient enroulée sur le sommet de la tête ! Si j'avais pu sur-le-champ laisser retomber ma natte, même en tenant compte du fait que, d'ordinaire, ces soldats-là détestaient les agents de police, en voyant que j'avais une natte, ils n'auraient peut-être pas été jusqu'à braquer sur moi le canon de leur fusil. A leurs yeux, qui n'avait pas sa natte ne pouvait être qu'un renégat, tout juste bon à être exécuté. Et moi qui n'avais plus cette précieuse natte ! Je ne pouvais plus bouger : il ne me restait plus qu'à me cacher dans l'ombre et à voir, pour agir, le tour que prendraient les événements. Les

1. Allusion à la tentative de restauration de la dynastie mandchoue du général Zhang Xun, qui fit occuper Pékin par ses troupes, en juin 1917.

soldats couraient sur la chaussée par bandes successives, mais la fusillade ne cessait pas. Que pouvaient-ils bien faire ? Je l'ignorais.

Au bout d'un moment, comme j'avais l'impression que tous les soldats étaient passés, en tendant un peu la tête vers l'extérieur, je vis que plus rien ne bougeait : je traversai alors le boulevard à tire-d'aile comme un oiseau de nuit et me retrouvai de l'autre côté de la rue. J'avais fait très vite, mais j'avais tout de même eu le temps, en traversant, d'apercevoir, du coin de l'œil, une lueur rouge. Le carrefour au bout de l'avenue était en feu. Je me cachai à nouveau dans l'ombre, mais, très vite, la lueur de l'incendie illumina au loin toute la rue. Tendant une nouvelle fois la tête, je réussis tant bien que mal à voir que toutes les boutiques qui bordaient le carrefour étaient la proie des flammes, tandis que, dans la pénombre, les soldats allaient et venaient en courant et tiraient des coups de feu. Je compris alors de quoi il s'agissait : d'un soulèvement de soldats. En très peu de temps, la lueur de l'incendie avait considérablement augmenté, s'étendant de proche en proche : à voir la distance déjà couverte, je pouvais même conclure que tous les carrefours et croisements de rues avoisinants étaient en feu.

On ne devrait jamais dire des choses pareilles, mais un incendie, c'est vraiment un beau spectacle ! De loin, on voyait le ciel tout noir s'éclairer subitement pour retomber aussitôt dans l'obscurité puis s'éclairer à nouveau, et brusquement on voyait s'élever une masse de flammes ardentes et tout un pan de ciel qui s'embrasait et devenait incandescent comme une plaque de métal rougie au feu. Au milieu de cette lueur écarlate, on apercevait aussi plusieurs colonnes de fumée noire et autant de flammes s'élevant à des niveaux différents dans le ciel : tantôt c'était la fumée qui cachait les flammes ; tantôt, les flammes qui jaillissaient à travers la fumée. Roulant et faisant mille circonvolutions, la fumée montait et se condensait jusqu'à masquer le feu d'en dessous : on aurait dit alors une brume épaisse dissimulant le soleil couchant. Peu après, la lueur de l'incendie redevenait un peu plus forte ; la fumée, du noir, passait au gris pâle, et les flammes, quoique peu nombreuses, étaient si ardentes et si pures que leur lumière réunie éclairait la moitié du ciel.

Dans les endroits les plus proches, on entendait toutes sortes de bruits au moment où, la fumée s'élevant, le feu se mettait à courir dans toutes les directions. La fumée ressemblait alors à un affreux dragon tout noir et les flammes à autant de pointes de métal rougi, de tailles diverses et perçant de toutes parts. Ce mélange de feu et de fumée montait très haut dans le ciel sous forme de volutes qui, soudain, se désagrégeaient, laissant retomber des milliers d'étincelles ou bien d'énormes boules de feu. On avait alors l'impression que la fumée, s'étant un peu allégée, s'élevait plus librement vers le ciel. Les boules de feu, quant à elles, à peine retombées au milieu des flammes, rebondissaient allégrement en plein ciel et faisaient exploser des gerbes d'étincelles. Parfois, au lieu de se retrouver au cœur de l'incendie, des boules retombaient plus loin et créaient de nouveaux foyers au contact de tout ce qui pouvait brûler. Le feu alors chassait le feu, et l'obscurité régnait à nouveau, jusqu'à ce que les foyers d'incendie se rejoignent et que le feu vole de toutes parts en crachant des flammes. Tout à coup, patatras ! Une maison s'écroulait, soulevant au milieu des étincelles un nuage de charbon, de poussière et de fumée, tandis qu'en dessous les flammes, un moment écrasées, repartaient sur les côtés, comme mille serpents dardant leur langue de feu. Sans faire de bruit, l'incendie gagnait lentement et patiemment la partie supérieure de la maison, mais lorsqu'il avait rattrapé le feu qui avait pris au sommet, on entendait une sorte de rugissement, et la lumière se faisait si vive et si pure qu'elle aurait transpercé jusqu'au cœur de l'homme.

Il y avait le spectacle, mais aussi les odeurs ! Elles étaient toutes différentes, et certaines étaient facilement reconnaissables : l'une venait sûrement de ce magasin de soieries qui avait une enseigne avec des caractères noirs sur fond or, l'autre de l'épicerie tenue par un type du Shanxi. A partir des odeurs, je compris pourquoi le feu ne prenait pas toujours la même forme, selon qu'il s'agissait du marchand de thé ou de la boutique du drapier : dans le premier cas, le feu était léger et s'envolait très haut, alors que dans le second il était lent et faisait beaucoup de fumée. Aucun de ces commerces n'était à moi, mais comme je les connaissais tous, rien que de sentir l'odeur de l'incendie qui les anéantissait et de voir le feu qui s'élevait puis retombait me causait une peine effroyable. Oubliant même le danger dans lequel je me trouvais, j'étais devenu inconscient comme un gosse totalement absorbé par le spectacle de la rue. J'avais les dents qui claquaient, mais ce n'était pas tant la peur que l'émotion devant l'ampleur de la catastrophe.

J'avais alors perdu tout espoir de pouvoir retourner chez moi. Je ne savais pas combien il pouvait y avoir au total de soldats dans les rues, mais si j'en jugeais d'après le nombre d'incendies qui éclataient dans chaque endroit, il devait y en avoir au moins à tous les carrefours importants. Leur intention était manifestement de piller, mais qui sait si, après avoir mis le feu à autant de boutiques sans se gêner, ils ne s'amuseraient pas, par la même occasion, à tuer des gens ? Un agent de police ayant comme moi coupé sa natte ne pouvait, à leurs yeux, valoir plus qu'une punaise ; il suffisait d'appuyer une fois sur la détente, et on n'en parlait plus, ça n'était pas plus compliqué que ça.

A cette pensée, je songeai à rentrer au « quartier ». Ce n'était pas très loin : je n'avais qu'à traverser encore une rue. Mais il était déjà trop tard. Dès les premiers coups de feu, toutes les maisons, aussi bien les riches que les pauvres, avaient fermé leurs portes ; dans la rue, il n'y avait plus personne en dehors des soudards, et on aurait vraiment dit une ville morte. Lorsque les boutiques avaient commencé à brûler, les gens qui se trouvaient dedans s'étaient tous mis à fuir dans la pénombre de l'incendie. Les plus courageux se tenaient encore sur le côté de la rue, regardant le feu ravager leur boutique ou celle d'autrui, mais aucun n'osait le combattre ; ils refusaient seulement de s'en aller et restaient là sans rien dire à regarder les flammes qui couraient un peu partout. Les moins courageux n'avaient pas attendu pour se cacher au plus vite dans les *hutongs ;* ils s'entassaient dans les ruelles et tendaient la tête pour regarder en direction de la rue, mais aucun ne soufflait mot et tous tremblaient de peur.

L'incendie en se propageant avait gagné en intensité, mais comme par ailleurs les coups de feu se faisaient progressivement moins nombreux, les habitants des *hutongs* semblaient avoir deviné ce qui s'était passé. Certains commencèrent alors à ouvrir leur porte pour jeter un coup d'œil à l'extérieur, puis d'autres s'aventurèrent à faire quelques pas en direction de la rue. A la lumière de l'incendie, ils aperçurent quelques silhouettes, mais ils virent aussi qu'il n'y avait pas d'agent de police et que les bijouteries et monts-de-piété pillés par les soldats avaient leurs portes grandes ouvertes !... Tous ces commerces dévastés avaient de quoi effrayer les gens, mais en même temps de quoi les remplir d'audace : une rue sans agent de police ressemble fort à une salle de classe sans professeur, où même les élèves les plus sages se mettent à chahuter.

A peine une maison eut-elle ouvert sa porte que toutes firent de même. Il y eut bientôt foule dans la rue, et tous les gens se disaient : puisque ces boutiques ont déjà été pillées, autant poursuivre le pillage ! En temps ordinaire, il ne serait venu à l'idée de personne qu'un peuple aussi honnête et respectueux de la loi pût se mettre à piller. Seulement voilà, quand l'occasion se présente, les gens ne tardent pas à montrer leur vrai visage. Au seul mot de pillage, on vit aussitôt de jeunes gaillards se précipiter les premiers dans les monts-de-piété, chez les bijoutiers et les horlogers. A l'assaut initial ne participèrent que des hommes, mais au second, des femmes et des enfants se glissèrent parmi eux. Dans les boutiques où les soldats étaient déjà passés ce n'était pas difficile : on n'avait qu'à entrer et à se servir. Mais bientôt ce fut le tour de celles qu'ils n'avaient pas touchées. Partout où il y avait quelque chose de bon à prendre, au bazar comme chez le marchand de grains ou de thé, on eut vite fait d'enfoncer la porte.

De ma vie, je n'ai jamais vu pareil remue-ménage : les femmes comme les hommes, les jeunes comme les vieux, tout le monde criait et courait, se bousculant et se disputant jusqu'au moment où, à force de pousser et de vociférer, crac ! la porte cédait ! On aurait dit alors un essaim d'abeilles se ruant à l'intérieur dans le plus grand désordre, les gens renversés hurlant, les gars plus agiles grimpant sur le comptoir, mais tous avaient les yeux rouges d'envie et se seraient tués pour pouvoir entrer. La foule était si compacte qu'à la sortie elle remplissait toute la rue. Les uns portaient alors leur butin sur le dos, les autres dans les bras, à l'épaule ou sous le coude : tous les moyens étaient bons. Telle une armée de fourmis victorieuses, on les voyait détaler la tête haute puis revenir tout aussi vite avec femme et enfants, et tous s'interpellaient bruyamment. Evidemment, c'était une aubaine pour les gens pauvres ! Mais les familles plus aisées ne tenaient pas pour autant à rester en arrière !

Les objets de valeur ayant été raflés les premiers, on embarqua ensuite les vivres et les combustibles. Certains se mirent alors à transporter des jarres pleines d'huile de sésame, d'autres à porter à eux tout seuls deux sacs de farine. La rue se joncha de bouteilles et de pots cassés, tandis que les trottoirs étaient copieusement arrosés de riz et de grains de toutes sortes. Ah, pour un pillage, c'était un pillage ! Chacun regrettait de n'avoir que deux mains et se reprochait de ne pas marcher plus vite. Il y en avait même qui étaient capables de rouler devant eux un baril de sucre, comme un bousier poussant une grosse boulette d'excréments.

Mais les plus forts de tous étaient ceux qui travaillaient avec leurs méninges. On vit ainsi arriver des hommes armés de couteaux de cuisine, qui s'installèrent au débouché des ruelles, attendant que les autres viennent. « Pose ça ! » disaient-ils, en faisant scintiller la lame de leur couteau. Les sacs et vêtements se retrouvaient aussitôt à terre : ils n'avaient plus qu'à les rapporter tranquillement et sans peine chez eux. Mais quelquefois leur ordre n'était pas suivi d'effet ; ils abattaient alors leur couteau, crevant le sac de farine, qui se répandait comme de la neige, et deux hommes roulaient sur le sol. En les voyant, les gens qui traversaient la rue à la hâte leur jetaient au passage : « Pourquoi se battre, alors qu'il y en a pour tout le monde ? » Les deux types, réalisant leur sottise, se relevaient sans tarder et couraient vers le bout de la rue. Celle-ci retentissait d'appels au pillage. Décidément, il n'y avait pas de quoi se gêner !

Serré au milieu d'une foule de marchands, je restais caché dans l'ombre. Je ne disais rien, mais ils semblaient très bien saisir la situation difficile dans laquelle je me trouvais, car personne ne soufflait mot et le cercle autour de moi ne se relâchait pas. A quoi bon du reste rappeler que j'étais agent de police, quand eux-mêmes n'osaient pas lever la tête ? Ils étaient dans l'impossibilité de protéger leurs biens et marchandises, et chacun savait que le moindre geste de résistance leur aurait coûté la vie, face aux fusils des soldats et aux couteaux des pillards. Ils baissaient donc la tête et avaient tous l'air terriblement gêné. En fait, ils n'avaient qu'une peur, c'était de se retrouver face à face avec les gens qui pillaient, car ces derniers étaient également leurs clients en temps normal ; de la honte à la colère, il n'y avait qu'un pas et, en l'absence de toute loi, la vie de quelques marchands comptait si peu ! Du coup, c'étaient eux qui me protégeaient.

J'en avais grand besoin, vu que, dans le quartier, les gens ne pouvaient pas ne pas me reconnaître : j'y faisais des rondes tous les deux ou trois jours et, d'ordinaire, ils ne pouvaient pas uriner contre un mur sans que j'intervienne et que je les embête. Ils me détestaient, c'était forcé ! A voir, ce soir-là, l'allégresse avec laquelle ils se livraient tous au pillage, j'étais persuadé que si jamais ils tombaient sur moi, ils m'auraient lynché à coups de briques et que je n'en serais pas ressorti vivant. Même au cas où ils ne m'auraient pas reconnu, avec mon uniforme et mon sabre, je ne pouvais passer inaperçu ! Sans compter qu'en pareilles circonstances l'apparition subite d'un agent de police aurait paru bien intempestive ! J'aurais eu beau prendre les devants et reconnaître que je n'aurais pas dû avoir la hardiesse de me trouver là, ils ne m'auraient pas pardonné aussi facilement que ça !

La rue, soudain, se fit plus calme, et les gens qui étaient sur le trottoir coururent les uns après les autres dans les *hutongs*, tandis qu'au milieu de la rue des soldats en désordre s'avançaient très lentement. Otant mon képi, je jetai un coup d'œil par-dessus l'épaule d'un apprenti qui se trouvait là et vis alors un soldat avec dans les mains quelque chose qui ressemblait à une brochette de crabes : il s'agissait, à n'en pas douter, d'une collection de bracelets d'or et d'argent. En plus de ça, l'homme devait avoir pas mal de choses sur lui, et sûrement beaucoup de métal précieux, étant donné la lenteur avec laquelle il marchait. Mais quoi de plus naturel et quel sort plus enviable que de s'avancer ainsi sans se presser et comme si de rien n'était au milieu d'une avenue, les mains pleines de bracelets, et de se servir des boutiques incendiées comme de gigantesques torches pour éclairer toute la ville !

Une fois les soldats passés, les gens sortirent à nouveau des *hutongs*. Comme il ne restait presque plus rien à piller, tout le monde se mit à déménager les portes mêmes des magasins, certains allant jusqu'à décrocher les enseignes des frontons. Pour reprendre une expression que je rencontre souvent en lisant le journal, on peut dire que lorsque notre bon peuple se livre au pillage, il le fait vraiment « de fond en comble[1] » ! C'est seulement à ce moment-là que l'on vit des marchands se manifester et crier : « Au feu ! Au feu ! Faut pas attendre que tout ait brûlé ! » En entendant un pareil cri, on avait de la peine à retenir ses larmes ! Les gens qui étaient à côté de moi commencè-

1. *Chedi :* caricature du vocabulaire journalistique de l'époque, qui avait tendance, notamment en matière politique, à abuser de ce genre d'expressions.

rent à s'agiter. Qu'allais-je devenir ? S'ils s'en allaient tous combattre l'incendie et me laissaient là tout seul, moi l'agent de police, où pourrais-je bien fuir ? J'arrêtai alors un charcutier, qui me donna la blouse pleine de saindoux qu'il avait sur lui. Serrant bien mon képi sous le bras, une main sur mon sabre, l'autre tenant le bord de la blouse, je rasai les murs et me réfugiai précipitamment au « quartier ».

VIII

Comme je n'avais pas pris part au pillage et que par ailleurs ce n'étaient pas mes affaires qu'on pillait, on aurait très bien pu dire que je n'étais pas concerné par ce qui venait de se passer. Pourtant, j'avais vu et j'avais compris. Compris quoi ? Quelque chose que je serais incapable d'exprimer correctement en une seule phrase mais qui m'a bouleversé. Il y a des événements qu'on n'oubliera jamais. Pour moi, il y en eut deux : le départ de ma femme et ce soulèvement de soldats, qui lui faisait pendant. Dans le premier cas, l'affaire ne regardait que moi ; elle devait rester gravée au fond de mon cœur, mais il aurait été vain de lui donner une signification autre que privée. En revanche, le soulèvement des soldats touchait un nombre considérable de gens ; dès que j'y pensais, cela me faisait songer à tous ces gens-là et à la ville entière, et à partir de là, je fus à même de juger de beaucoup d'événements importants, comme s'il s'agissait de telle ou telle question débattue dans les journaux. Une affaire instructive à de nombreux égards : voilà la phrase que je cherchais ; tout le monde ne la comprendra peut-être pas, mais, quant à moi, je la trouve assez juste.

J'ai déjà eu l'occasion de parler du vide que le départ de ma femme avait creusé en moi. Eh bien, le soulèvement de soldats auquel j'avais assisté ne fit que l'agrandir davantage, de sorte que des tas de trucs auraient pu facilement y trouver place. Mais terminons-en d'abord avec le soulèvement ! Car on saisira mieux ce que je veux dire lorsque j'aurai fini mon récit.

Quand j'ai regagné le dortoir de la police, personne ne dormait encore. Ça n'avait rien d'étonnant, mais ce qui l'était davantage, c'était que personne ne manifestait la moindre inquiétude ou la moindre peur : il y en avait qui fumaient, d'autres qui buvaient du thé, exactement comme on veille lors d'une noce ou pendant des funérailles. L'état piteux dans lequel j'étais non seulement n'éveilla en eux aucune sympathie, mais les fit plutôt rire. J'avais des tas de choses à leur raconter, mais à voir leur attitude, je ne crus même pas nécessaire d'ouvrir la bouche. Je m'apprêtais donc à aller dormir, quand le brigadier m'arrêta : « Faut pas dormir ! On attend qu'il fasse jour et on ratissera tout le quartier ! » Ce fut à mon tour d'éclater de rire. La rue était livrée à l'incendie et au pillage mais, au lieu d'y envoyer des agents, on attendait qu'il fasse jour pour intervenir ! C'était hautement comique ! Mais comme les ordres sont les ordres, je dus attendre moi aussi le point du jour.

Dans l'intervalle, j'appris que tous les officiers supérieurs de la police étaient depuis longtemps au courant du soulèvement qui se préparait, mais qu'ils avaient cru bon de ne pas en informer leurs subordonnés. Ce qui revenait à dire que les forces de l'ordre étant incapables de maîtriser la situation, il n'était pas question d'empêcher les troubles de se produire. Que, dans ces conditions, les officiers subalternes et les agents de police reviennent vivants ou non de leurs stupides missions habituelles, rondes ou factions de nuit, ne dépendait que d'eux ! L'idée ne manquait pas d'astuce, mais elle était aussi diabolique ! En tout cas, les agents avaient tous fait comme moi : quand ils avaient entendu des coups de feu, ils étaient rentrés en courant. Pas si bêtes, les collègues ! En agissant ainsi, ils s'étaient montrés tout à fait dignes de leurs supérieurs ; du haut en bas de la hiérarchie, il n'y avait pas de doute : chacun remplissait son devoir, mais en jouant la comédie !

Bien que j'eusse très sommeil, j'étais impatient d'aller voir un peu ce qui se passait dans la rue ; les images entrevues dans la nuit m'obsédaient, et je voulais retourner sur les mêmes lieux de jour pour pouvoir comparer et compléter le tableau. Le jour me parut ainsi très long à venir, tellement j'étais pressé de le voir arriver. Quand finalement il arriva, notre troupe se mit en rangs. A nouveau, j'eus envie de rire, car il y en avait parmi nous qui avaient pris bien soin de laisser retomber leur natte et les brigadiers firent semblant de ne pas l'avoir remarqué. D'autres, avant de se mettre en rangs, avaient soigneusement brossé leur uniforme et même fait reluire leurs bottes. Cirer ses chaussures en de telles circonstances, c'était vraiment cocasse !

Cependant une fois arrivé dans la rue, je n'eus plus du tout envie de rire. Jusqu'alors, je n'avais jamais bien réalisé ce que c'est qu'une « catastrophe », mais ce jour-là, j'ai compris. Dans le ciel, où quelques étoiles s'attardaient encore, la grisaille des nuages laissait paraître une légère teinte de bleu, accompagnée d'un soupçon de fraîcheur et d'une lueur pâle. Partout, pourtant, régnait la même odeur tenace de brûlé, tandis qu'un peu de fumée blanche errait encore dans l'atmosphère. Les boutiques avaient leurs portes grandes ouvertes, et aucune de leurs fenêtres n'était intacte. Patrons et commis se tenaient sur le seuil, soit debout, soit assis, mais ils étaient tous muets et aucun ne s'agitait pour ramasser ce qui pouvait rester. On aurait dit un troupeau stupide de moutons privés de leur maître.

Le feu avait cessé de se répandre, mais là où il était passé, on voyait encore s'élever doucement une fumée blanche, en même temps que de petites flammes brillantes. Un souffle de vent suffisait à embraser de nouveau les piliers d'un édifice et à agiter tout autour de minces oriflammes de feu. Les maisons qui avaient été incendiées les premières n'étaient plus que de gigantesques tas de terre calcinée ; lorsque les murs latéraux ne s'étaient pas écroulés, ils encadraient des sortes de monticules funèbres d'où s'échappait encore de la fumée. En revanche, les immeubles les derniers touchés par l'incendie étaient encore debout ; les murs et la façade ne s'étaient pas effondrés, mais les portes et les fenêtres avaient complètement brûlé et ça faisait de grands trous noirs. Sur le seuil de l'une de ces maisons, un chat était assis ; la fumée ne cessait de le faire éternuer, mais il ne voulait pas s'en aller.

Ainsi un carrefour d'ordinaire très animé et bien fréquenté était devenu un amas de bois calciné et de tuiles brisées, d'où émergeaient silencieusement une foule de piliers carbonisés. Partout, c'était pareil : partout traînait la même fumée maussade et qui n'en finissait pas de mourir. L'enfer, je ne sais pas comment c'est, mais ça doit probablement ressembler d'assez près à ce que j'avais en face de moi. Lorsque je fermais les yeux, je me rappelais l'aspect que le même endroit avait auparavant, avec ses belles boutiques si agréables à regarder. Et voilà que je n'avais plus devant moi qu'un amas de décombres ! La superposition soudaine de ces deux images me mit les larmes aux yeux. C'était donc ça une « catastrophe » ! Tout autour de l'incendie, on remarquait beaucoup de marchands et de commis qui, stupidement, restaient plantés là, les mains glissées dans les manches de leurs robes, et tout ahuris devant les derniers ravages du feu. Lorsqu'ils nous virent arriver, c'est à peine s'ils nous jetèrent un coup d'œil, et leur absence de réaction semblait indiquer que pour eux tout était fini, qu'il n'y avait même plus lieu de s'émouvoir.

Au-delà de l'incendie, les boutiques avaient leurs portes et fenêtres grandes ouvertes, mais on n'y observait pas le moindre signe de vie ; les trottoirs et la chaussée étaient jonchés de débris et le spectacle était encore plus affligeant. En effet, dans le cas de l'incendie, personne ne pouvait s'y tromper, alors que devant ces magasins saccagés et muets, on se sentait déconcerté et on se demandait bien comment une artère aussi commerçante et prospère avait pu se transformer en un pareil tas d'immondices. Ce fut précisément dans cet endroit qu'on m'envoya monter la garde. Dans quel but ? Je l'ignorais. Conformément au règlement, je me tins debout, immobile et figé, comme glacé par le courant d'air qui parcourait l'avenue. Devant les boutiques, des femmes et des enfants étaient encore en train de ramasser des détritus, mais comme les commerçants eux-mêmes ne leur disaient rien, je n'avais pas de raison d'intervenir et je me demandais vraiment ce que je faisais là.

Au lever du soleil, les dégâts, comme des mendiants en plein jour, apparurent encore plus horribles. On pouvait reconnaître la couleur et la forme de chaque débris sur le sol, mais il y en avait une telle collection et dans un si grand désordre qu'on en était tout pantois. En outre, on remarquait qu'aucun de ceux que l'on voyait arriver le matin de bonne heure n'était là : ni maraîcher, ni marchand de galettes pour le petit déjeuner, pas un pousse-pousse, ni le moindre cheval : toute la rue était dans un tel état, et il y régnait un silence si impressionnant qu'on aurait dit que le soleil lui-même ne brillait pas autant que d'habitude et se trouvait comme suspendu dans le vide du ciel. Quand un facteur passa à côté de moi, la tête baissée et traînant une grande ombre derrière lui, je sursautai.

Au bout d'un instant, un officier de police du quartier se pointa. Il était suivi d'un agent, et les deux hommes faisaient résonner énergiquement leurs godillots au milieu de l'avenue, comme s'ils avaient reçu une bonne nouvelle. L'officier me dit de veiller au maintien de l'ordre dans la rue, conformément aux dernières instructions des autorités supérieures. Je fis le salut réglementaire, mais en me demandant bien ce que l'officier voulait dire. L'agent qui l'accompagnait, semblant remarquer mon air stupéfait, ajouta à voix basse : les autorités vont arriver, il s'agit de chasser les ramasseurs au plus vite ! Je n'avais guère envie d'obéir, mais comme je n'osais pas non plus m'opposer ouvertement aux ordres que l'on venait de me donner, j'allai me poster devant les boutiques et je me mis à agiter la main pour prévenir les femmes et les enfants qui étaient là, mais sans pouvoir dire un mot.

Tout en maintenant l'ordre à ma façon, je me rendis aussi chez le charcutier, simplement pour lui dire que je lui rapporterai sa blouse une fois lavée. Mais quand je vis l'homme assis sur le seuil de son échoppe, jamais je n'aurais pensé qu'il aurait pu lui aussi être victime du pillage : en fait sa petite boutique avait été vidée comme les autres et lorsque je lui adressai la parole, il ne releva même pas la tête. Je tournai alors mes yeux vers son magasin : tout ce qui pouvait être emporté, aussi bien les billots que les crocs à viande, le tronc de bambou qui servait de caisse que les plateaux de saindoux, tout avait disparu ; il ne restait que le comptoir et les deux blocs de terre qui supportaient la planche à découper !

Je retournai alors à mon poste de garde, mais j'avais l'impression que ma tête allait éclater. Si jamais je devais être toujours de faction dans la même rue, une chose me semblait sûre : je ne tarderais pas à devenir dingue.

Effectivement, les autorités supérieures se manifestèrent. Je vis arriver douze hommes de troupe, avec à leur tête un officier, qui tenait à deux mains la tablette du décret ordonnant l'exécution immédiate de toute personne prise en flagrant délit de pillage. Les soldats avaient du reste tous baïonnette au canon. A leur vue, mon sang ne fit qu'un tour : quoi ! encore des soldats à natte ! Les mêmes que j'avais vus en train de tout piller et de tout brûler étaient maintenant chargés de la répression ! Quelle étrange comédie ! Et il fallait encore que je fasse le salut réglementaire devant la tablette !

Je m'exécutai, mais aussitôt après, je jetai rapidement un coup d'œil circulaire pour voir s'il y avait encore des gens en train de ramasser des débris et les prévenir avant qu'il ne fût trop tard. En fait, des types capables de faucher jusqu'aux billots de charcutier ne méritaient aucune sympathie, mais j'aurais trouvé trop injuste de les voir trucidés par ces soldats à natte ! Malheureusement, en moins de temps qu'il ne faut pour le dire, un gamin de quatorze ou quinze ans qui n'avait pas déguerpi fut encerclé par les baïonnettes. Il serrait dans ses mains une planche et une paire de vieux souliers. On le fit basculer en avant, la lame d'un sabre brilla, et le gamin eut à peine le temps de crier : « Maman ! » Le sang gicla très loin, et le corps se tordait encore que la tête était déjà suspendue à un poteau électrique !

Je n'eus même pas la force de cracher ma salive : le monde s'était mis brusquement à chavirer sous mes yeux. Pourtant, des exécutions, j'en avais vu, et jamais elles ne m'avaient effrayé. Mais, cette fois-là, l'indignation fut plus forte que moi ! Quand tout à l'heure j'ai dit que j'ai compris quelque chose, c'est à ça que je faisais allusion. Comment pouvait-on, en effet, parler de « justice » alors que c'était les mêmes qui regagnaient leurs casernes les mains pleines de bracelets d'or et d'argent, et qui en ressortaient pour massacrer un gamin qui avait tout juste ramassé une vieille paire de chaussures ? Si c'est ça la « justice », moi, j'enc... cette putain de « justice » ! Vous me pardonnerez d'être aussi grossier (*ye*), mais dans des cas pareils, on ne sait plus très bien ce que la politesse ou la civilisation (*wenming*) viennent faire !

Peu après, j'ai entendu dire que ce soulèvement militaire avait quelque utilité politique, et que c'était pour cette raison que les soldats qui avaient pris part au pillage étaient ensuite ressortis pour ratisser le terrain. Du début à la fin, tout avait été machiné d'avance. Mais quelle utilité politique ça pouvait avoir ? Personnellement, je ne voyais pas. Tout ce que je peux dire, c'est que ça me faisait râler. Mais à quoi bon râler quand on n'est qu'un « inspecteur aux pieds puants » ?

IX

Sur cette affaire, je m'en tiendrais là volontiers mais ma description serait incomplète si je ne posais pas quelques questions, laissant aux gens plus intelligents que moi le soin de les examiner en détail. Ces questions sont les suivantes : comment se fait-il qu'un soulèvement militaire puisse faire partie d'une opération politique ? Et si l'on pousse délibérément des soldats à piller, à quoi ça sert alors d'avoir une police ? Pourquoi au fond y aurait-il des agents si c'est uniquement pour empêcher les gens de pisser dans les rues et pas pour intervenir quand on pille des boutiques ? Si nos bons et paisibles concitoyens sont capables de se livrer au pillage, pourquoi diable les agents seraient-ils spécialisés dans l'arrestation des simples voleurs ? Tout le problème est de savoir si on veut ou non avoir des agents de police. Si on n'en veut pas, pourquoi ferait-on appel à eux dès que les gens en viennent aux mains, et à quoi ça servirait de payer chaque mois un impôt spécial pour la police ? Si, en revanche, on en veut, pourquoi préfère-t-on qu'ils n'interviennent pas ; pourquoi laisse-t-on les gens piller à leur guise et ne voit-on pas une victime du pillage dire le moindre mot ?

Je ne prends là que quelques exemples. Mais il y aurait beaucoup d'autres questions à poser. Comme je ne suis pas capable de les résoudre, autant arrêter là mon blablabla. D'ailleurs, les quelques exemples que j'ai donnés suffisent déjà à m'embrouiller l'esprit : à force d'y penser, je m'y perds, ça ne me paraît plus avoir ni queue ni tête et je me sens complètement dépassé. Tout ce que je peux dire, c'est, pour reprendre une vieille expression, que tous ces gens-là, aussi bien les officiers, les soldats, les agents de police que nos bons et paisibles concitoyens, « ils ne sont pas à la hauteur » ! C'est du reste ça qui a encore agrandi le vide que je ressentais en moi. A force de vivre au milieu de tous ces gens qui « ne sont pas à la hauteur », j'ai au moins compris une chose, c'est qu'il suffit de faire semblant et de ne pas trop s'attacher à la « réalité » de ce qui se passe. Il existe d'ailleurs une autre expression, qui ne mérite pas l'oubli dans lequel elle est tombée : on disait : « se foutre du monde[1] ». Quiconque se trouve comme moi dans l'incapacité de s'en sortir aurait tout intérêt à utiliser cette phrase, qui a l'avantage d'être une expression toute faite, qui dit bien ce qu'elle veut dire et qui, en plus, vous évite de passer pour idiot. « Se foutre du monde » : quand on a dit ça, on a tout dit, mais si on trouve encore que ça fait un peu trop sec, on peut toujours y ajouter un « merde ! » : l'expression n'en sera que plus appropriée.

X

Ici, on ne se lancera pas dans de nouvelles discussions, car il est probable que tout le monde sait à quoi s'en tenir en ce qui concerne nos compatriotes. Pour en revenir à la seule police, une telle incurie de sa part est dans la nature des choses et n'a absolument rien d'étonnant. Prenons par exemple la lutte contre le jeu. Autrefois, les maisons de jeu étaient toutes patronnées en coulisse par des personnages célèbres. Aussi, non seulement aucune saisie officielle n'était possible, mais même les assassinats qui s'y produisaient ne prêtaient pas à conséquence. Après la création des agents de police, les maisons de jeu sont donc restées ouvertes comme avant, et on ne se serait toujours pas aventuré à y faire des saisies. Je n'ai pas besoin de dire pourquoi. Cependant, ça ne faisait pas bon effet. Il fallait trouver une solution. On eut alors l'idée de ne s'en prendre qu'au menu fretin et on décida de pincer

1. *Tangrshi :* agir avec indifférence, sans prendre les choses au sérieux, de façon à garder seulement la face.

quelques vieux joueurs, quelques vieilles dames : on confisquait quelques jeux de cartes et on infligeait des amendes, mais seulement d'une dizaine de *yuans*. Comme ça, les agents de police remplissaient leur devoir, l'opinion publique était alertée et tout était dans l'ordre. Cet exemple n'en est qu'un parmi beaucoup d'autres, mais il montre bien que, dès le début, la police n'a jamais servi qu'à passer une simple couche de plâtre et, ce faisant, à nourrir tant bien que mal une masse d'hommes qui, autrement, crèveraient de faim. C'était tout ce qu'on pouvait lui demander : la société n'ayant pas besoin d'une vraie police, on ne voyait vraiment pas pourquoi des agents auraient risqué leur peau pour six *yuans* par mois.

Après ce soulèvement militaire, notre situation ne fit qu'empirer. Les jeunes gaillards, qui avaient largement profité du pillage, s'en étaient vraiment mis plein les poches. On en voyait qui portaient deux vestes l'une sur l'autre, d'autres qui avaient autant de bagues que de doigts à leurs mains, et tous se pavanaient dans les rues, regardant de travers les agents de police et soufflant du nez à leur passage avec un air de profond mépris. Nous étions alors condamnés à baisser piteusement la tête, et c'était normal : nous n'avions rien dit lorsque de tels ravages avaient eu lieu, comment aurions-nous pu ensuite reprocher aux gens de nous mépriser ? Des tripots firent partout leur apparition : avec de l'argent qui ne vous avait rien coûté, vous pouviez vous permettre de perdre tout ce que vous vouliez ! Nous n'osions pas saisir l'argent, car il y en aurait eu beaucoup trop à saisir. Nous entendions les gens de l'autre côté du mur qui criaient pour annoncer « un neuf » ou « une paire [1] », mais nous ne pouvions

1. *Ren jiu, duizi :* combinaisons d'un jeu de trente-deux dominos nommé *paijiu*.

que faire semblant de n'avoir rien entendu et nous passions notre chemin en évitant de faire du bruit. Après tout, tant que ça se passait dans les cours intérieures des maisons, ça allait encore. Le malheur, c'est que les gens ne nous laissaient même pas sauver le peu de face qui nous restait !

Ainsi, les jeunes gaillards dont j'ai parlé tout à l'heure tenaient absolument à montrer qu'ils n'avaient pas la moindre peur des agents de police : après tout, leurs pères et grands-pères s'en passaient fort bien et la jeune génération acceptait mal d'être la première à avoir la police sur le dos. Ils jouaient donc tout simplement dans la rue. Il suffisait d'avoir un dé pour tenir la banque, et on jouait accroupi à même le sol. Aux boules[1], on pouvait jouer aussi bien à deux qu'à cinq, et c'était un *mao* le coup. « On y va ? — D'accord ! — Tiens, la voilà qui revient ! » Les boules s'entrechoquaient : pan ! On avait gagné un *mao*. C'est qu'on jouait plutôt gros en une heure, plusieurs *yuans* pouvaient facilement changer de mains. Et tout ça se passait sous notre nez, tandis que nous nous demandions si nous devions ou non intervenir. Si on intervenait, on ne voyait pas très bien ce qu'aurait pu faire un homme seul, avec pour toute arme un sabre qui n'aurait pas tranché net du fromage de soja, contre toute cette bande de jeunes gaillards. Quand on est intelligent, on ne va pas se fourrer soi-même dans un guêpier. Les agents de police n'avaient donc rien de mieux à faire que de ne pas intervenir : ils passaient en faisant un détour. Manque de pot : on tombait alors sur une inspection. « Comment ? Vous n'avez pas vu leur tripot ? Faut vraiment être aveugle... » Au retour, on se retrouvait

1. *Shiqiu :* sorte de billard, utilisant une paire de boules, qu'on ne lance pas, mais qu'on fait bouger d'un coup de pied (*ti*).

au minimum avec un blâme. Mais de ce genre d'ennui, à qui aurions-nous pu nous plaindre ?

Des incidents comme ça, en fait, on ne les comptait plus ! Pour ma part, si, au lieu d'avoir ce vieux sabre, on m'avait donné un pistolet, je n'aurais pas hésité à me battre contre n'importe qui. Naturellement, ça ne valait pas la peine de risquer sa peau pour six *yuans* de solde, mais la misère n'empêche pas toujours d'avoir du caractère et il y a des choses qu'on ne peut pas supporter, surtout quand on vous a mis en colère. Le malheur, c'est que je n'avais aucun pistolet entre les mains, alors que les bandits et les simples soldats en avaient. Quand je voyais par exemple de mes propres yeux un vulgaire troufion monter dans un pousse sans payer et fouetter le tireur avec son ceinturon, jamais je n'aurais eu l'audace de lui dire de s'en aller sans lui faire un sourire. Il avait un pistolet et n'aurait pas hésité à tirer : un flic de plus ou de moins, ce n'était pas une affaire ! Une année, dans un bordel de bas étage, des soldats avaient descendu trois de nos collègues. Eh bien, nous n'avons même pas pu dénicher le principal coupable ! Trois des nôtres étaient morts pour rien, mais pas un soldat ne fut puni, même pas d'une bonne bastonnade ! Leurs pistolets pouvaient partir tout seuls, tandis que nous, avec nos poings et nos mains nues, nous représentions la civilisation !

Pour tout dire, dans une société où triomphaient la barbarie et l'injustice et où l'on rehaussait la gloire de sa famille en détruisant l'ordre public, la police était tout simplement de trop. Si on a compris ça, et si on se rappelle ce que j'ai dit auparavant de notre salaire de misère et de la faiblesse de nos moyens, on aura tout compris ou presque. Tout ce que nous pouvions faire était de passer une simple couche de plâtre. Ayant été moi-même agent de police, je ne cherche pas là des excuses, je veux seulement dire les choses afin qu'elles soient bien claires et que tout le monde sache à quoi s'en tenir. Après tout, autant vider carrément son sac !

Au bout d'un ou deux ans de service, j'étais déjà parmi mes collègues quelqu'un qu'on remarquait. Dès que survenait une affaire, j'étais toujours placé par mes supérieurs en première ligne. Mes collègues ne me jalousaient pas pour autant, car dans les affaires privées qui les concernaient chacun, je n'étais pas non plus de ceux qui restaient en arrière. Ainsi, chaque fois qu'un poste de brigadier se trouvait vacant tout le monde me glissait à l'oreille : « Cette fois, le poste est pour toi ! » comme si vraiment ils espéraient tous m'avoir comme brigadier. En fait, ce n'était jamais moi qui étais promu, mais au moins mes talents étaient reconnus par tous.

Il faut dire que je savais m'y prendre, comme le montre tout ce qui précède. Par exemple, quand des gens venaient nous dire qu'ils avaient été cambriolés, l'inspecteur et moi, nous allions faire le constat sur place. Nous regardions rapidement les lieux, puis j'enchaînais aussitôt en rapportant avec force détails aussi pittoresques que possible tous les points où nous avions un poste de garde et le nombre de nos rondes de nuit, comme si vraiment nous nous donnions un mal fou dans l'exercice de nos responsabilités. Après, je cherchais un endroit avec une porte ou une fenêtre mal fermée et commençais à contre-attaquer, sans être désobligeant mais avec fermeté : « Cette porte n'est pas très sûre, vous devriez y poser un verrou moderne. Mais je vous préviens, c'est vers le bas qu'il faut le poser ; là, près du seuil, ce serait très bien : le voleur ne l'atteindra pas facilement[1]. Un autre moyen serait d'avoir un chien à l'intérieur de la maison ; même

1. Même s'il a le bras long et peut le glisser, comme c'est le cas de nombreuses portes chinoises, dans l'espace libre qui sépare le haut de la porte du chambranle.

petit, il aboiera au moindre bruit, et c'est beaucoup plus utile que d'avoir trois molosses dans la cour. Comme vous le voyez, monsieur, avec un peu plus de vigilance de notre part et aussi un peu plus d'attention de la vôtre, si nous unissons nos efforts, je vous garantis que plus rien ne disparaîtra. Eh bien ! Nous rentrons, mais les patrouilles de nuit seront renforcées, ça, c'est sûr. Vous pouvez dormir tranquille, monsieur ! »

Après un pareil discours, nous nous trouvions déchargés de notre responsabilité, et la victime se voyait contrainte de poser d'urgence un verrou et d'avoir un petit chien. Quand nous tombions sur un maître de maison accueillant, nous avions en plus droit à du bon thé. Ah ça, pour ce qui est de se défiler sans en avoir l'air, je m'y connaissais ! Le tout est de savoir glisser quelques bonnes paroles et d'être tout sucre et tout miel ; comme ça, on dégage toute responsabilité et on est sûr d'éviter beaucoup d'ennuis. Les collègues connaissaient comme moi le truc mais ils n'avaient pas la même facilité de parole et ils s'y prenaient moins bien. C'est qu'il y a plus d'une façon de s'exprimer, et il faut avoir au bon moment l'expression qui convient, tout en conservant la souplesse du ressort, qui permet de s'avancer pour reculer ensuite. Mais ça, ça ne s'apprend pas, ça fait partie des choses innées !

Quand je faisais tout seul une patrouille de nuit et que je tombais sur un voleur, vous pouvez vous demander aussi comment je m'y prenais. Eh bien, c'était simple : la main serrée contre mon sabre, j'essayais de faire le moins de bruit possible, et, tandis qu'il grimpait sur son mur, moi, je continuais mon chemin, chacun s'efforçant de ne pas gêner l'autre. Ça valait mieux, car si j'avais provoqué sa rancune, un jour suivant il se serait caché dans l'ombre, je me serais exposé à recevoir une brique sur la tête et j'aurais été bien avancé! C'est comme ça que... qui déjà ? Ah oui, cet imbécile de Wang Jiu a perdu un œil. En voulant arrêter un voleur ! Un jour qu'il se trouvait au débouché d'une rue avec Dong Zhihe, armés chacun d'une paire de ciseaux, ils avaient coupé de force la natte de tous les gens qui passaient. Hé ! C'est que les gens en question ne l'oublièrent pas de sitôt. Ils attendirent de voir repasser Wang Jiu tout seul, et alors ils lui lancèrent de la chaux dans les yeux en criant : « Ça t'apprendra à couper la natte des gens, espèce de salaud ! » Et c'est ainsi qu'il a perdu son œil. Si j'avais rempli mon devoir d'une autre façon, dites-le-moi : serais-je encore en vie ? Chaque fois que les agents jugeaient bon d'intervenir, les gens trouvaient qu'ils se mêlaient de ce qui ne les regardait pas et on ne savait plus que faire.

Contrairement à cet imbécile de Wang Jiu, je tenais trop à mes yeux pour en perdre bêtement un ! Et puis, quand je faisais tout pour éviter de rencontrer un voleur, je ne pouvais pas m'empêcher de penser à mes deux gamins privés de leur mère et de compter l'argent qui nous restait pour vivre jusqu'à la fin du mois. A l'époque, il y avait probablement des gens qui ne comptaient que par cinq ou par dizaines et en monnaie d'argent. Mais moi, mes sous de cuivre, je les comptais un par un. Quand j'en avais quelques-uns de plus, j'avais l'impression d'être à l'aise, mais quelques sous de moins me plongeaient dans l'embarras. Dans ces conditions, je me voyais mal arrêtant des voleurs : n'était-ce pas aussi des pauvres ? Et je me disais que lorsqu'on n'a pas d'autre moyen de s'en sortir, tout le monde est capable de voler : un ventre affamé ne connaît plus ni bien ni mal.

XI

Après ces troubles dans l'armée, ce fut à nouveau un grand chambardement : l'Empire des Qing fit place à la République de Chine [1]. Des changements de dynastie ou de régime, on n'en rencontrait pas souvent, mais personnellement je trouvais que ça n'avait aucun intérêt. A dire vrai, pour un événement qui ne se produit même pas tous les cent ans, l'agitation fut à peine comparable à celle que le soulèvement militaire avait entraînée. Et puis les gens disaient qu'avec la République, le peuple aurait, en toutes choses, le contrôle suprême. Or, je n'ai rien constaté de tel. J'étais toujours agent de police, mon salaire n'avait pas augmenté, et le travail qu'on nous demandait était toujours aussi routinier. Après comme avant, j'étais victime des mêmes humiliations. Avant, les serviteurs de ces messieurs les grands mandarins nous traitaient plus bas que terre. Après, les hommes à la solde des nouveaux mandarins furent tout aussi désagréables avec nous. On continua donc de « se foutre du monde » : le passage d'un régime à l'autre au fond ne changea rien. Je ne veux pas dire par là que l'accroissement du nombre de gens se promenant dans la rue, la natte coupée, ne constitua pas un certain progrès. Par ailleurs, on joua progressivement moins aux dominos et au dé [2] : tout le monde, aussi bien les pauvres que les riches, se mit au mah-jong. Comme auparavant, nous

1. Ici, le narrateur semble négliger la chronologie : en dépit des tentatives de restauration impériale comme celle qui est évoquée plus haut, la chute de la dynastie mandchoue remonte à 1911.

2. *Yabao :* jeu utilisant un seul dé et consistant à miser sur l'une des six faces dudit dé.

n'osions pas nous en prendre aux joueurs, mais il faut bien reconnaître que le matériel du nouveau jeu représentait une amélioration et faisait plus civilisé.

En fait, sous le nouveau régime, le peuple ne comptait pas plus qu'avant : ceux qui se faisaient remarquer, c'était les mandarins et les soldats de la République ! Ils avaient poussé un peu partout comme des champignons après la pluie, et on se demandait vraiment d'où ils sortaient. Normalement, les mandarins et les soldats ne sont pas à mettre dans le même sac, mais la nouvelle espèce avait réellement des points communs. Des hommes qui, la veille encore, avaient les pieds crottés, s'étaient retrouvés du jour au lendemain soldats ou mandarins ; ils avaient aussitôt pris des airs supérieurs et vous regardaient fixement, en écarquillant d'autant plus les yeux qu'ils étaient plus bêtes : on aurait dit deux grosses lanternes illuminées de bêtise. Cette bande d'andouilles ne comprenait rien à rien : quoi que ce fût que vous leur disiez, ils vous rembarraient toujours. Ils étaient si stupides qu'on en était malheureux pour eux, ce qui ne les empêchait pas d'être très contents d'eux-mêmes. Parfois, en les voyant, je me disais : non, jamais je ne pourrai être un mandarin, ni dans l'armée ni dans l'administration ! Je ne suis pas assez bête pour ça !

Comme pratiquement chaque mandarin pouvait demander des agents de police pour monter la garde devant chez lui, nous devînmes une sorte de police privée, payée sur l'argent public. Je fus moi-même chargé de surveiller une résidence. Théoriquement, ce genre de travail ne rentrait pas dans les fonctions d'un gardien de la paix ; mais dans la pratique, tous les agents se seraient bien portés volontaires. Lorsque je fus chargé de ce travail, on m'a promu « agent de troisième classe » : une simple « recrue » n'aurait pas eu la qualification voulue ! Ce fut seulement alors que j'entrai dans la « hiérarchie ». Le travail, par ailleurs, n'était pas foulant : en dehors de la garde de jour et de nuit, on n'avait rien d'autre à faire; en un an, on pouvait au moins économiser une paire de bottes. On n'avait pas grand-chose à faire et, en plus, ce n'était pas un travail dangereux. Ainsi, quand, dans la maison, Monsieur se battait avec Madame, on ne nous demandait pas d'intervenir; donc, on ne risquait pas d'être pris dans la bagarre et de recevoir des coups par erreur. Quant à la ronde de nuit, elle consistait seulement à faire une ou deux fois le tour de la résidence, et on pouvait être sûr de ne pas rencontrer de voleur : les murs étaient trop hauts et les chiens trop méchants pour de simples cambrioleurs. Par ailleurs, les gangsters ne s'attaquaient qu'aux mandarins à la retraite : d'une part, le butin était plus fructueux [1], et, en plus, on risquait moins d'être poursuivi officiellement en justice. Aussi n'avaient-ils aucune raison d'aller s'en prendre à des mandarins en exercice.

Lorsqu'on était affecté à la garde d'une résidence, non seulement on n'avait pas à interdire le jeu, mais c'était au contraire sous notre protection que ces messieurs-dames jouaient au mah-jong. Quand des invités venaient jouer, on avait même encore plus la paix que d'habitude : dehors, la rue était envahie de voitures et de chevaux, et dedans, on y voyait comme en plein jour, les serviteurs faisaient sans arrêt la navette, on avait au moins deux ou trois tables de mah-jong et quatre ou cinq lampes à opium, bref il y avait un tel vacarme pendant toute la nuit qu'aucun cambriolage n'était possible; on pouvait donc dormir sur ses deux oreilles jusqu'à ce que le jour se lève et que les gens s'en aillent; alors seulement, on ressortait pour

1. Les mandarins à la retraite avaient eu tout le temps de s'enrichir, ce qui n'était pas toujours le cas des fonctionnaires en exercice.

monter la garde, saluer à la porte et rehausser ainsi le prestige des maîtres de céans.

Quand il y avait un mariage ou un enterrement, on en profitait encore plus. Dans le premier cas, on avait droit à l'opéra à domicile et à l'œil ; en outre, on était sûr d'avoir tous les acteurs célèbres et une distribution comme jamais on n'en aurait eu au théâtre. Dans le cas d'un enterrement, on n'avait pas le droit à des représentations théâtrales, mais comme les funérailles ne se bâclaient pas en une journée ou deux, on en avait au moins pour trente ou quarante jours, le temps nécessaire pour toutes les lectures de soutras [1], et, pendant tout ce temps, on avait comme tout le monde de quoi manger. Un décès chez les maîtres nous valait même une bombance exceptionnelle. La seule chose redoutable était la mort d'un enfant, car alors, il n'y avait pas de cérémonie et, en plus, les gens pleuraient tous pour de bon et on ne pouvait pas ne pas les entendre. Mais il y avait aussi d'autres moments difficiles à passer, notamment lorsque la fille de la maison avait pris la fuite ou lorsqu'une concubine était répudiée pour une faute grave : alors, il n'était plus question de festin ou de spectacle et on devait même partager les soucis de Monsieur et de Madame !

Mais ce dont j'étais particulièrement content, c'était que dans ce nouveau poste j'avais beaucoup plus de liberté de mouvement et que je pouvais souvent retourner chez moi pour m'occuper de mes enfants. Au « quartier » ou à la « section », la moindre absence temporaire était très difficile à obtenir, parce que, aussi bien au commissariat qu'à l'extérieur, le travail était fixé une fois pour toutes et qu'on ne modifiait pas facilement le roulement tel qu'il avait été établi. Devant les

1. Comme on l'a vu plus haut, les moines bouddhistes procédaient habituellement à ces lectures pendant plusieurs semaines.

résidences, au contraire, quand j'avais fini de monter la garde, je n'avais plus rien à faire et je n'avais qu'un mot à dire à mes collègues pour pouvoir m'absenter la demi-journée. Cet avantage faisait que j'avais souvent peur d'être à nouveau affecté au « quartier ». Des gosses qui n'avaient plus leur mère avaient bien droit de voir un peu leur père, non ?

En plus de cet avantage, il y en avait un autre. Comme, physiquement, je ne me fatiguais pas et que je n'avais pas tellement de soucis, je trouvais toujours à m'occuper. Dès que j'avais un instant de libre, je lisais de la première à la dernière ligne les journaux qu'on recevait à la résidence. Les grands quotidiens comme les feuilles de choux, les dépêches comme les éditoriaux, je passais mon temps à tout lire en bloc, même quand je ne comprenais pas. Ça m'a beaucoup aidé : j'ai appris comme ça des tas de choses, et beaucoup de caractères que je ne connaissais pas. Aujourd'hui encore, il y a des quantités de caractères dont j'ignore la prononciation, mais je suis habitué à les lire et capable d'en deviner le sens, de même qu'on rencontre souvent dans la rue des gens dont on ne pourrait pas dire le nom mais dont la figure vous est néanmoins très familière. En dehors des journaux, j'empruntais un peu partout des romans. Mais comparaison faite, on a encore meilleur compte de lire la presse : avec tous les événements qu'elle rapporte et sa grande variété de vocabulaire, on ne s'ennuie pas en la lisant. Ça demande néanmoins nettement plus d'efforts. Aussi, quand je tombais sur des passages que je ne comprenais pas, je n'avais d'autre solution que de prendre à nouveau un roman. Mais avec ce genre de livres, c'est toujours pareil : il suffit de lire un chapitre pour deviner ce qui va se passer dans le suivant ; on lit donc ça sans peine et seulement pour se distraire. Bref, si je devais résumer mon expérience, je dirais que les journaux et les romans se complètent : les uns servent à vous ouvrir l'esprit, les autres à vous divertir.

Cependant, le service devant une résidence avait aussi des inconvénients. Le premier problème était celui des repas. Au « quartier » ou à la « section », on retenait automatiquement sur notre solde le prix de la cantine : la qualité de la nourriture servie était ce qu'elle était, mais au moins on mangeait chaque jour à heure fixe. En revanche, lorsqu'on était envoyé pour monter la garde devant une résidence, on était en tout et pour tout trois ou quatre ; il n'était donc pas possible de trouver quelqu'un qui accepte de faire la cuisine pour un aussi petit nombre, et on n'avait pas le droit de se servir de la cuisine de la résidence. Si tous ces Messieurs voulaient des agents de police, c'était parce qu'ils savaient qu'ils auraient ainsi gratis à leur service des gens en uniforme, mais ils se fichaient pas mal de savoir si ces gens-là avaient ou non un estomac comme tout le monde. Nous nous demandions bien ce qu'il fallait faire. Si on avait dressé nous-mêmes notre fourneau, il aurait fallu acheter tous les ustensiles nécessaires ; or, on était toujours menacé d'être affecté ailleurs et on ne savait jamais quand. Et puis, si les gens nous avaient réclamés pour monter la garde à la porte de leur résidence, c'était pour faire bien, pour le décorum, et pas pour étaler partout des plats et des bols ou pour faire du vacarme avec des ustensiles de cuisine juste devant chez eux. On n'avait donc pas d'autre moyen que d'acheter nous-mêmes notre casse-croûte.

Mais c'était très embêtant. Car, quand on a de l'argent, rien n'est plus facile que d'acheter à manger : on commande ce dont on a envie ; avec deux gobelets de vin et deux bons plats, qui ne s'estimerait pas heureux ? Or, il ne faut pas oublier que quelqu'un comme moi ne gagnait en tout et pour tout que six *yuans* par mois. En fait, ça m'était égal de mal manger, mais ce que je trouvais vraiment pénible, c'était d'avoir à trouver pour chaque repas une solution : rien que de devoir y penser me donnait envie de pleurer. Comment à la fois faire des économies et varier un peu le menu ? Je ne pouvais tout de même pas manger sans arrêt des galettes au piment et m'en gaver comme un canard ! Le malheur était que, comme ce qui est bon n'est jamais bon marché, il aurait fallu, si je voulais m'en tirer, que je me résigne toutes les fois à me contenter de quelques galettes toutes sèches et d'un vieux bout de navet salé. Mais ce n'était pas bon non plus pour la santé. Alors, je réfléchissais à n'en plus finir, et plus je réfléchissais, plus j'étais malheureux et incapable de me décider. Le résultat, c'est qu'il m'arrivait ainsi de rester le ventre vide et de n'avoir toujours pas déjeuné quand déjà le soleil déclinait à l'horizon !

A la maison, il y avait aussi mes gosses ! Et chaque bouchée que je me refusais, c'en était une de plus pour eux : on ne peut pas s'empêcher d'aimer ses enfants ! Lorsque je mangeais à la cantine, je ne pouvais pas faire d'économies. Mais au moment dont je vous parle, j'étais libre d'en faire et de me sacrifier un peu pour mes gosses. Alors, au lieu de manger mes huit galettes, je me forçais à n'en manger que six et je buvais deux bons verres d'eau de plus pour compléter. Avec un tel régime, on comprend que je ne pouvais me retenir de pleurer !

Et dire que, pendant ce temps-là, le Monsieur dont je gardais la résidence gagnait des mille et des cents ! De fait, il suffisait de se renseigner un peu pour savoir quel était son traitement, mais il était certain qu'il ne devait pas se contenter de ce seul revenu fixe : si, pour prendre un chiffre, il gagnait seulement huit cents *yuans* par mois, on se demandait vraiment comment il pouvait avoir l'air aussi riche ! Il y avait sûrement un truc là-dessous! Et le truc devait être le suivant: quand on gagne seulement six *yuans* par mois, c'est vraiment six *yuans*, car on ne peut avoir un *yuan* de plus dans sa poche sans qu'aussitôt les gens vous regardent de travers et se mettent à jaser sur votre compte. En revanche, quand on peut en gagner dans les cinq cents, il est certain qu'on ne peut s'en tenir à ce chiffre et que plus vous avez d'argent, plus les gens vous admirent. Ça peut sembler tout à fait injuste, mais, en fait, que vous le croyiez ou non, c'est comme ça que ça se passe!

Dans les journaux et dans les discours publics, on exalte souvent la liberté; or, quand on exalte une chose, c'est évidemment qu'elle n'existe pas en réalité. Ainsi, moi, la liberté, je ne savais pas ce que c'était : les gens avaient beau en parler à maintes reprises, personnellement, je ne l'avais jamais vue venir; mais, dans les résidences, j'ai au moins vu ce que c'était. Au fond, la République a un avantage, c'est que, même si on ne jouit pas soi-même de la liberté, rien que de l'apercevoir vous ouvre les yeux.

Voyez par exemple : sous l'Empire des Qing, tout était fixé dans le moindre détail; n'importe qui ne pouvait pas porter une robe bleue, même s'il était riche. C'était probablement ça le despotisme! En tout cas, l'avènement de la République a marqué l'accession des riches à la liberté : il suffit désormais d'avoir de l'argent pour pouvoir s'habiller, se parer ou manger à sa guise, et personne ne trouve plus rien à y redire. Le résultat, c'est que pour acquérir cette liberté, on amasse de l'argent par tous les moyens; et on est libre de le faire, car, sous la République, il n'y a plus de censeur comme sous l'Empire. Si vous n'avez jamais servi dans une résidence, peut-être que vous ne me croirez pas, mais je vous conseille d'aller voir un peu ce qu'il en est.

A présent, un petit fonctionnaire vit beaucoup mieux qu'un mandarin de première classe ne vivait autrefois. Ainsi pour la nourriture, avec la facilité actuelle des communications, on peut déguster à sa guise les mets les plus rares : il suffit d'avoir de l'argent. Et si on est dégoûté des plats les plus délicats de la cuisine chinoise, on peut en changer et passer à la cuisine et aux vins occidentaux ; or, probablement, même l'Empereur de la dernière dynastie n'y a jamais goûté ! Il en va de même pour l'habillement, la parure, les spectacles, le service et tout ce dont on peut avoir besoin : en restant dans votre chambre, vous pouvez profiter de toutes les meilleures choses de la terre. Le bonheur dont certains jouissent aujourd'hui, voilà le vrai bonheur, mais il faut dire aussi qu'on a plus de liberté pour amasser de l'argent qu'autrefois. Pour ne prendre qu'un exemple que je connais bien, je peux vous dire que la toute petite boîte de poudre dont se servait une concubine pour se maquiller dans telle résidence valait cinquante *yuans* et qu'elle venait d'un endroit qui s'appelle Paris. Où se trouvait au juste Paris, je l'ignorais, mais tout ce que je savais, c'est que la poudre qui venait de là-bas coûtait très cher. Mon voisin Li Si, qui a vendu un beau garçon à la même époque, n'en a tiré que quarante *yuans*, ce qui donne une idée du prix de la poudre ; y a pas à dire, celle-ci devait être drôlement fine et parfumée !

Mais en voilà assez sur ce sujet : on pourrait m'accuser d'être un intarissable bavard et surtout je ne voudrais pas donner l'impression que je ne suis pas de ceux qui approuvent la liberté ! J'ajouterai cependant quelques mots, mais en me plaçant d'un autre point de vue, ce qui me permettra de dire toujours ce que je pense tout en évitant d'assommer ceux qui m'écoutent par des propos triviaux. Lorsque à l'instant je parlais de la liberté et de la richesse des gens que je voyais vivre dans leurs résidences, il ne faudrait pas se tromper et croire que ces Messieurs passaient leur temps à jeter leur argent par les fenêtres : ils n'étaient pas si stupides ! C'est vrai que la poudre dont se servait la concubine valait plus cher que le prix d'un gamin, mais les concubines sont les concubines : elles ont une chance et des talents que d'autres n'ont pas. Si ces Messieurs leur achetaient de la poudre aussi chère, c'est qu'ils savaient où s'en procurer à bon compte. Ainsi, par exemple, si vous étiez vous-même un important personnage, je n'aurais qu'à m'inspirer des principes qui avaient cours dans ces résidences pour vous donner des tas de combines : l'électricité, l'eau courante, le charbon, le téléphone, le papier hygiénique, les voitures et les chevaux, les pergolas, les meubles, le papier à lettres, les fleurs et les plantes d'ornement, tout ça, vous l'auriez sans débourser un sou, et, pour compléter le tout, rien ne vous empêcherait d'engager aussi gratuitement à votre service plusieurs agents de police.

Ce sont là des choses normales, et si vous ne le comprenez pas, c'est que vous n'êtes pas fait pour être un de ces Messieurs. Pour tout vous dire, ces gens-là arrivaient les mains vides et repartaient pleins aux as, comme des punaises qu'au sortir de l'hiver on voit surgir le ventre vide mais qui ont vite fait de se gonfler de sang. Voilà une comparaison un peu vulgaire, mais elle dit bien ce qu'elle veut dire. Vous n'avez qu'à jouer sur les deux tableaux, celui de la liberté pour amasser de l'argent, et celui des privilèges pour en économiser, et vous pourrez avoir une concubine maquillée avec la meilleure poudre de Paris. Je ne sais pas si vous m'avez bien saisi, mais ça ne fait rien : à vous de comprendre !

Revenons-en maintenant à mes propres affaires. Normalement, comme on avait été gratuitement au service de la résidence pendant près d'une année, au moment des fêtes et du Nouvel An, nous nous attendions à un geste, à ce qu'on nous serve par exemple un bon repas, ça aurait été au moins quelque chose. Hé ! Pensez-vous : ces Messieurs se ruinaient pour leurs concubines, mais nous, les agents de police, c'était comme si on n'existait pas ! Ainsi, quand on était affecté ailleurs et qu'on demandait à son patron de donner un mot de recommandation aux autorités du « quartier », c'était à nous de lui manifester une gratitude sans bornes ! C'est notamment ce qui s'est passé pour moi, lorsque est arrivé mon ordre de mutation. Après avoir fait mon balluchon, je suis allé saluer respectueusement le maître de maison. Ah ! si vous aviez vu les grands airs que ce Monsieur prenait ! Il faisait semblant de ne pas me reconnaître : je lui aurais même volé quelque chose qu'il ne m'aurait pas traité autrement ! Bredouillant quelques phrases, je lui demandai très poliment de bien vouloir dire à l'occasion un mot au « quartier » afin de préciser que j'avais bien fait mon travail. Il entrouvrit alors légèrement les paupières, mais, visiblement, il n'aurait pas lâché un pet pour moi. Il ne me resta donc plus qu'à me retirer, et on ne me donna même pas l'argent du pousse dont j'avais besoin pour transporter mes affaires ; je dus les porter moi-même à l'épaule, en jurant contre ce putain de service commandé et cette drôle de façon de traiter les gens !

XII

Comme le nombre des gens importants, aussi bien dans les administrations que dans les résidences, allait croissant, on fit de nous une unité de police à part, où nous étions au total cinq cents à faire spécialement ce travail de gardes du corps payés par l'Etat. Pour bien montrer que nous pouvions protéger efficacement ces Messieurs, nous reçûmes chacun un fusil de fabrication occidentale avec plusieurs lots de cartouches. Ces fusils occidentaux, je veux parler des fusils qu'on nous avait donnés, je ne les aimais pas du tout : ils étaient lourds, vieux et déglingués, et je me suis toujours demandé où on avait bien pu dénicher ce genre de flingues qui ne pouvaient servir à rien, sinon à vous défoncer l'épaule. Quant aux cartouches, elles ne bougeaient pas de ma ceinture, vu qu'on n'avait jamais l'autorisation de les introduire dans le fusil ; en cas de grosses difficultés, on attendait toujours que ces Messieurs se soient enfuis pour mettre enfin baïonnette au canon.

Mais ça ne voulait pas dire non plus que je pouvais laisser là cette vieille pétoire et ne pas m'en occuper. Elle avait beau être déglinguée, il fallait tout de même que je l'entretienne. Chaque jour, on devait l'astiquer à l'extérieur comme à l'intérieur, y compris la baïonnette. En fait, on n'arrivait jamais à la faire briller, mais ce n'était pas une raison pour se tourner les pouces. Plus que le résultat, c'était l'intention qui comptait ! Et puis, comme je l'ai dit, en dehors du fusil, on devait avoir sur soi tout un tas de trucs : un ceinturon, un fourreau à baïonnette, des cartouchières, et il fallait frotter tout ça soigneusement, car il n'était pas question de se balader comme un Zhu Bajie flanqué d'une simple rapière[1] ! En outre, il y avait aussi les bandes molletières à mettre tous les jours !

Pour porter tout ce fourbi et avoir l'épaule en

1. Le cochon batailleur, un des héros du célèbre roman *Le voyage en Occident (Xi you ji)* attribué à Wu Cheng'en, avait toujours sur lui un râteau. Vu sa forte corpulence, ce personnage ridicule aurait été bien incapable de porter correctement le sabre

permanence alourdie d'un poids de sept à huit livres, je gagnais tout juste un *yuan* de plus, ce qui faisait une solde mensuelle de sept *yuans :* vraiment de quoi remercier le Ciel et la Terre ! J'ai ainsi monté la garde pendant plus de trois ans. Je passais d'une résidence à l'autre, et d'un *yamen* à un autre, avec pour seule mission de saluer chaque fois que ces Messieurs entraient ou sortaient. C'était mortellement ennuyeux : on ne pouvait pas dire qu'on n'avait rien à faire, mais on ne pouvait pas dire qu'on avait vraiment quelque chose à faire. C'était à regretter la faction en pleine rue. Dans la rue, au moins, on a toujours de quoi s'occuper et faire marcher un peu ses méninges, alors que, devant une résidence ou un *yamen,* on n'avait jamais le moindre effort intellectuel à effectuer. Dans certains cas, le relâchement et le je-m'en-foutisme étaient tels qu'on pouvait monter la garde n'importe comment : qu'on se tienne debout appuyé sur son fusil ou qu'on dorme les bras autour, ça n'avait pas d'importance. Ce genre de service, qui n'avait rien d'exaltant, déprimait plutôt les gens. Quand on est domestique, on peut toujours espérer trouver une meilleure maison que celle où on est. Dans notre métier, au contraire, on savait très bien que l'horizon était bouché et on était de jour en jour si démoralisé qu'on en venait à se mépriser soi-même.

On dit souvent qu'à ne rien faire, on engraisse et que c'est déjà pas mal. Eh bien ! en ce qui nous concerne, ce n'était pas vrai : même accroupis, on ne se faisait pas de lard. Toute la journée, on pensait à ces sept *yuans* et on recommençait nos comptes, tenaillés que nous étions par la misère. Comment engraisser dans ces conditions ? Pour prendre mon cas personnel, quand mon fils a eu l'âge d'aller à l'école, je me sentis obligé de l'y envoyer. Mais c'est que pour ça, il fallait de l'argent, c'était normal car ça a été toujours comme ça, mais où diable trouver cet argent ? Un mandarin pouvait profiter de tas d'avantages sans avoir rien à payer, mais un simple agent de police n'avait même pas un endroit où faire faire des études gratuites à ses enfants. A l'école privée traditionnelle, il y avait les frais de scolarité, les cadeaux pour les fêtes, les livres, l'encre et le pinceau, et tout ça, il fallait le payer. A l'école moderne, il y avait l'uniforme, les fournitures pour le travail manuel, toutes sortes de cahiers, et l'ensemble revenait encore plus cher qu'à l'école ancienne formule. Et puis à la maison, quand les enfants avaient faim, ils pouvaient toujours se couper un bout de *wowotou,* alors qu'à l'école, mon garçon avait besoin d'argent pour s'acheter des gâteaux : même si j'avais consenti à le laisser partir seulement avec son *wowotou,* il n'est pas sûr qu'il aurait accepté. Car un gosse rougit plus facilement qu'une grande personne.

Je ne savais vraiment pas quoi faire. Comment un homme de mon âge et en pleine activité aurait-il pu accepter de voir ses enfants traîner à la maison ? Je me disais aussi que ce n'était pas parce que je n'avais plus d'espoir en cette vie que mes enfants devaient être condamnés à un sort encore plus lamentable. Pendant ce temps, je voyais toutes ces demoiselles et petits messieurs qui quittaient leurs résidences pour aller à l'école. Il y avait toujours une voiture pour les accompagner et les ramener, et sur le seuil de la porte, une vieille servante ou une jeune domestique venait chaque fois porter leur cartable et les prendre dans ses bras, les mains pleines d'oranges, de pommes et de jouets tout neufs. Devant de pareilles inégalités entre gosses de pauvres et gosses de riches, on avait peine à croire que les uns comme les autres seraient plus tard des citoyens du même pays. J'eus vraiment envie de démissionner et de laisser tomber, me disant qu'à tant faire, il valait mieux être domestique : je gagnerais comme ça quelques *yuans* de plus, de quoi permettre à mon fils d'aller à l'école.

Seulement voilà : quand on a choisi une voie, après, on en a pour la vie ; on ne peut plus en sortir. Au bout de toutes ces années de service, le travail avait beau être ce qu'il était, ma voie était tracée : c'était dans la police que j'avais mes amis, c'était avec eux que j'avais l'occasion de parler et de rire, c'était là aussi que j'avais acquis une certaine expérience ; même si le travail n'était pas passionnant, je ne pouvais pas non plus l'abandonner comme ça, brutalement. Encore une fois, la vanité compte plus aux yeux d'un homme que l'argent, et quand on a pris l'habitude d'être fonctionnaire, y a rien à faire, devenir domestique, ce serait une déchéance, même si on gagne plus d'argent. C'est ridicule, vraiment ridicule, mais l'homme est fait comme ça !

Quand j'en ai parlé avec mes collègues, ils se sont tous opposés à cette idée. Les uns disaient : la vie qu'on mène est drôlement chouette, à quoi bon changer de métier ? D'autres soutenaient que la montagne d'à côté vous paraît toujours plus haute que celle sur laquelle on se trouve, mais que, quand on est pauvre, on le reste, bref, qu'il valait mieux se résigner. Et puis il y en avait aussi qui affirmaient que parmi les nouvelles « recrues » on voyait même des diplômés de l'enseignement secondaire et qu'on pouvait s'estimer heureux d'être là où on était. Même les officiers me le disaient : « La vie vaut ce qu'elle vaut, mais, au moins, on est fonctionnaire, et, quand on est doué comme toi, tôt ou tard, on sera promu. » Devant une unanimité pareille, ma résolution fut sérieusement ébranlée, car j'avais l'impression que si je m'obstinais dans mon idée, ce serait faire peu de cas de l'avis que mes collègues m'avaient donné. Après tout, autant donc continuer la même vie ! Quant à envoyer mes enfants à l'école, il n'en fut plus question.

Pourtant, peu de temps après, j'ai eu une bonne occasion de m'en sortir. Un important personnage, du nom de Feng, qui occupait de très hautes fonctions, réclama d'un coup douze gardes du corps : quatre pour surveiller sa porte, quatre pour servir de coursiers, et le reste comme escorte. Ces quatre derniers devaient savoir monter à cheval. A cette époque, il n'y avait pas encore d'automobiles, et les hauts fonctionnaires circulaient toujours dans de grosses voitures à cheval. Or, comme du temps des Qing, un grand mandarin assis dans une chaise à porteurs ou dans un carrosse se faisait précéder par des hommes à cheval et suivre par une escorte, l'important personnage qu'était Feng s'était donc mis dans l'idée de restaurer cet usage, qui relevait de la pompe mandarinale, en faisant suivre sa voiture de quatre gardes armés de fusils.

Mais il était difficile de trouver comme ça des gens sachant monter à cheval ; on battit le rappel parmi les gardes du corps, et on n'en trouva que trois. Trois, ça ne faisait pas bien, et les officiers eux-mêmes se grattaient la tête en se demandant que faire. Je sautai alors aussitôt sur l'aubaine. Je me disais en effet : puisqu'il y a des chevaux, on doit bien recevoir de l'argent pour les nourrir ; si je voulais que mes enfants fassent leurs études, c'était un risque à courir ; avec le *yuan* environ que je pourrais prendre sur la nourriture du cheval, mes gosses pourraient au moins aller à l'école traditionnelle. En soi, ce n'était pas un tellement bon calcul, mais, ce faisant, je risquais ma vie, car je ne savais absolument pas monter à cheval. Je me portai néanmoins volontaire, et quand l'officier auquel je m'étais adressé me demanda si je savais ou non monter à cheval, je lui répondis ni oui ni non.

Voyant alors qu'il ne trouvait personne d'autre, l'officier lui-même ne chercha pas à en savoir davantage.

Aux courageux, rien d'impossible. La première fois que je me suis trouvé devant le cheval, j'avais tout bien considéré : ou bien je me tuais en tombant, et dans ce cas les enfants iraient à l'orphelinat, ce qui, à mes yeux, n'était pas plus mal que de rester à la maison ; ou bien je ne me tuais pas et, bon, ils pourraient faire des études. Le résultat, c'est que je n'ai plus eu peur du cheval et que c'est donc lui, comme il se doit, qui eut peur de moi. Par ailleurs, j'avais de bonnes jambes et l'esprit prompt, ce qui fait qu'après avoir tenu un moment la longe aux trois autres qui savaient monter, j'en avais déjà appris pas mal sur l'art équestre. Ayant trouvé un cheval bien pépère, je fis alors mes premiers essais : j'avais les mains toutes moites, mais je dois dire que j'ai eu tout de même le dessus. Les premiers jours, j'en ai vraiment bavé, j'avais tout le corps qui partait en morceaux et le derrière en sang. J'ai alors serré les dents, et quand la plaie fut guérie, je me suis senti encore plus de courage, j'ai même découvert le plaisir qu'on peut avoir à monter à cheval. Lorsque, lancé au grand galop, j'allais aussi vite que la voiture, je pouvais au moins prétendre avoir dompté un animal.

J'avais dompté ma monture, mais j'avais aussi risqué inutilement ma peau, car ce n'était pas moi qui touchais l'argent pour le fourrage. Comme Son Excellence avait plus d'une dizaine de chevaux, il y avait quelqu'un pour s'en occuper spécialement et je n'avais donc rien à y voir. Pour un peu, j'en serais tombé malade de rage. Mais j'ai repris espoir peu de temps après. En effet, les fonctions de Son Excellence étaient si importantes et si nombreuses qu'il n'avait même pas le temps de rentrer manger chez lui. Aussi, quand nous allions avec lui, nous en avions pour la journée. Lui, bien entendu, était partout convié à déjeuner, mais nous ? On en a discuté une fois entre nous quatre et on a décidé de négocier la chose avec lui, de façon que partout où il allait déjeuner, nous ayons aussi de quoi manger. Son Excellence était un homme plutôt bienveillant, chez qui la passion des chevaux et l'amour des apparences allaient de pair avec une certaine sollicitude vis-à-vis de ses serviteurs. Il accepta aussitôt notre demande. Or ça, c'était tout de même un avantage intéressant. Cela revenait tout simplement à nous faire économiser la moitié de l'argent que nous dépensions chaque mois pour nous nourrir. J'étais ravi !

Son Excellence, ai-je dit, aimait beaucoup les apparences. Ainsi, lorsque nous avons été discuter avec lui de cette question de déjeuner, il en a profité pour nous regarder un peu sur toutes les coutures et, quand il a eu fini, il a agité la tête et s'est mis à marmonner : « Mais ça ne va pas ! » J'ai cru alors qu'il voulait dire que c'était nous qui n'étions pas comme il aurait voulu ; en réalité, pas du tout. Il réclama sur-le-champ de quoi écrire et rédigea un billet qu'il nous tendit en disant : « Allez voir votre Commandant avec ça, et que dans les trois jours il ait fait ce que je lui demande ! » Nous prîmes le billet et nous nous aperçûmes en le lisant qu'en fait il demandait au Commandant de nous donner un autre uniforme : celui que nous portions d'ordinaire était en toile de coton, or, Son Excellence voulait que nous en portions un de laine, avec des galons dorés partout, au bord des manches, le long du pantalon et sur le képi ; il voulait en outre que nous changions nos simples bottes contre des bottes de cheval à genouillère, et notre fusil contre une carabine, avec en plus un pistolet pour chacun d'entre nous. A la lecture de telles exigences, nous fûmes les premiers à les trouver étrangement déplacées : chez nous, seuls les officiers de haut rang avaient droit à des tenues de laine et à des galons dorés, et il voulait que nous quatre, qui n'étions que de simples agents de police, nous en ayons aussi ! C'était insensé ! Naturellement, il n'était pas question d'aller trouver Son Excellence et de lui faire reprendre son billet, mais, en même temps, nous étions pleins d'appréhension à l'idée d'aller voir le Commandant. Celui-ci n'oserait pas s'opposer aux désirs de Son Excellence, mais il était parfaitement capable de faire retomber sa colère sur nous quatre !

Qu'est-ce que vous pariez ? Eh bien, le Commandant a lu le billet sans manifester la moindre irritation et a fait exactement ce que l'autre lui demandait. Quand je vous disais que Son Excellence était un homme puissant ! En tout cas, nous quatre, nous avions fière allure, avec nos uniformes noirs en pure laine peignée, nos galons dorés tout neufs, nos grandes bottes en cuir noir à genouillère, nos éperons étincelants, la carabine au dos et le pistolet au côté, avec une grande flamme orange retombant de l'étui ! Vraiment on pouvait dire qu'à nous quatre, nous avions accaparé tout le prestige que les agents de police pouvaient avoir dans la ville. Lorsque nous passions dans la rue, les gardiens en faction nous saluaient comme si nous avions été de grands mandarins !

Du temps où j'étais colleur, quand j'avais à préparer des effigies qui sortent un peu de l'ordinaire, je faisais toujours un grand cheval gris pommelé. Or voilà que non seulement je portais un superbe uniforme, mais qu'à l'écurie j'avais pu justement choisir un cheval gris pommelé, qui était si capricieux qu'il prenait le mors aux dents dès qu'il apercevait quelqu'un. Si j'avais pris celui-là, c'était précisément parce que j'en avais fabriqué de semblables, et le moment était venu d'en monter un vrai ! Il était vraiment superbe ! Peu commode, mais quand il se mettait à galoper, il faisait réellement bonne figure, baissant la tête, avec un peu d'écume blanche au coin de la bouche, la crinière agitée par le vent comme des épis de blé au printemps, les deux oreilles dressées comme des petites calebasses, et je n'avais qu'à mettre le pied à l'étrier pour qu'il s'envole ! Dans ma vie, je n'ai jamais connu de véritable satisfaction, mais je dois reconnaître qu'à monter ce grand cheval gris pommelé, j'éprouvais beaucoup de fierté et de plaisir !

Pour une fois, le travail nous plaisait : il faut dire qu'avec un tel uniforme et de pareils chevaux, on aurait eu mauvaise grâce à se plaindre ! Hélas ! Nous n'avions pas porté plus de trois mois notre nouvelle tenue que Son Excellence était dégommée ! L'unité des gardes du corps fut même dissoute, et je redevins agent de troisième classe.

XIII

Pourquoi avait-on dissous l'unité dont nous faisions partie ? Je l'ignore. Tout ce que je sais, c'est que j'ai été affecté au bureau central et que j'ai reçu une médaille en bronze plaqué, qui semblait récompenser mes services antérieurs dans les résidences privées. A mon nouveau poste, je fus successivement chargé des registres d'état civil, des livres d'imposition des commerçants, du tour de garde devant la porte principale et de la surveillance du magasin d'uniformes. Au bout de deux ou trois ans, je savais à peu près tout ce qui se faisait dans un bureau. En comptant l'expérience que j'avais acquise auparavant, ma compétence était devenue quasiment universelle, et je n'ignorais plus rien de ce qu'un policier, en service extérieur comme dans l'administration, doit savoir. En matière de police, j'étais un vrai professionnel. N'empêche qu'il m'a fallu attendre jusqu'à ce moment-là et faire plus de dix ans de service pour passer agent de première classe, avec neuf *yuans* de solde par mois !

Les gens croient probablement que des agents de police, il n'y en a que dans la rue et que ce sont des jeunots qui se mêlent de ce qui ne les regarde pas. En fait, il y en a aussi une foule chez nous qu'on ne voit pas et qui travaillent dans les bureaux et les commissariats. Si un jour il y avait une revue générale, vous en verriez de très bizarres : des bossus, des myopes et des édentés, des estropiés, tous plus ou moins difformes. Ces êtres étranges n'en constituent pas moins le gratin de la police, car il s'agit de gens compétents et expérimentés, qui savent lire et écrire, et ce sont eux qui ont en main tous les documents officiels et les dossiers et connaissent toutes les astuces pour régler une affaire. S'ils n'étaient pas là, ce serait la pagaille parmi les agents de rue. Pourtant, ces gens-là ne seront jamais promus. Ils passent leur temps à traiter des affaires d'autrui, mais, personnellement, ils n'ont pas le moindre avenir devant eux, n'ayant de leur vie aucune occasion de se faire remarquer ou de se mettre en valeur. Ils ont beau se taper toute la besogne, quand ils sont trop vieux pour pouvoir bouger de leur trou, ils sont toujours agents de première classe et leur solde n'augmente pas d'un *yuan* jusqu'à la fin de leur carrière.

Chaque fois que vous voyez dans la rue des gens habillés d'une robe de coton gris impeccable mais qui portent toujours des chaussures de simples agents de police, en traînant les talons comme s'ils n'avaient pas la force de soulever leurs pieds, vous pouvez être sûr qu'ils appartiennent à la catégorie que je viens de définir. Parfois, il leur arrive à eux aussi d'aller boire un coup dans un bistrot en grignotant quelques cacahouètes ; toujours très corrects, ils avalent leur tord-boyaux avec des soupirs entre chaque gorgée. Ils ont déjà des cheveux blancs, mais ils se rasent de si près qu'on dirait des eunuques. Ce sont des hommes très stricts, courtois et qui connaissent leur métier, mais le fait est que, même en dehors des heures de service, ils n'ont que ces affreux godillots à se mettre !

A force de travailler avec tous ces gens-là, j'ai appris des tas de choses, mais, en même temps, je n'avais qu'une peur, c'était de finir comme eux, car toute l'estime qu'on pouvait avoir pour eux n'empêchait pas qu'ils faisaient terriblement pitié ! En les voyant, il m'arrivait souvent d'avoir le cœur si serré que je ne pouvais plus rien dire pendant un bon bout de temps. C'est vrai que j'étais plus jeune qu'eux et sans doute plus intelligent, mais avais-je tellement plus d'espoir de m'en sortir ? Et quand je dis que j'étais plus jeune, j'avais déjà trente-six ans !

Ces années passées au commissariat ont néanmoins eu aussi un avantage : j'étais bien tranquille. Or, c'était une époque où tous les ans, au printemps ou à l'automne, on pouvait être sûr qu'il y aurait une guerre. Je ne vais pas raconter tout ce que les gens ont eu alors à subir : je dirai seulement que les agents de police en ont vu de toutes les couleurs. Dès que la guerre éclatait, les soldats redevenaient aussi terribles que le Dieu de l'Enfer, et les agents de police n'avaient plus qu'à s'écraser ! Toutes les réquisitions, qu'il s'agisse de nourriture, de voitures, de chevaux, d'hommes ou d'argent, c'était la police qui en était chargée, et on ne tolérait pas le moindre délai de livraison. On réclamait comme ça du jour au lendemain dix mille livres de galettes, et les agents devaient aussitôt se rendre à la queue leu leu chez tous les marchands de nouilles et dans tous les endroits où on fabriquait des *shaobings* pour réunir les galettes en question ; quand ils les avaient, il fallait encore forcer les balayeurs de rue à les porter au camp des militaires, et je ne compte pas les gifles reçues en retour !

Si encore il avait été seulement question d'être les domestiques de ces messieurs les soldats, ça aurait été. Mais c'est qu'ils se croyaient tout permis. Partout où il y avait de la police, ils ne pouvaient s'empêcher de foutre du désordre, ce qui irritait vivement les agents, car ils ne savaient jamais s'ils devaient ou non intervenir. Qu'il y ait des gens stupides sur terre, je le comprends, mais la stupidité des soldats est une chose que je n'arrive pas à m'expliquer. Pour un instant de gloire, ils sont prêts à toutes les folies ; qu'ils perdent la tête, passe encore, à condition qu'ils n'en fassent pas les frais eux-mêmes. Or, ça, c'est une chose qu'ils ne voient même pas : nulle part au monde vous ne trouverez des gens aussi bêtes !

Prenons par exemple mon cousin. Il y avait dix ans qu'il était dans l'armée, il était même lieutenant les dernières années ; normalement, il y a des choses qu'il aurait dû saisir. Eh bien ! non ! L'année où on commença à se battre, il ramena une dizaine de prisonniers à son camp. Tout content, il marchait en tête de la colonne, et il se serait volontiers pris pour un empereur. Les gars qu'il commandait se demandaient bien pourquoi on n'avait pas commencé par désarmer les prisonniers, mais lui n'avait pas cru bon de le faire et bombait le torse d'un air assuré. Au milieu du chemin, un coup de feu partit de l'arrière, et il se retrouva aussitôt mort sur la chaussée. Il était mon cousin et je ne pouvais évidemment pas avoir souhaité sa mort. N'empêche que devant une telle bêtise, je fus incapable d'en vouloir à celui qui l'a tué. Cet exemple vous montre en tout cas combien les soldats sont des gens impossibles. Si vous leur dites de ne pas heurter un mur avec leur voiture, eh bien ! vous pouvez être sûr qu'ils iront se jeter dessus, quitte à se tuer, car il n'est pas question qu'ils vous écoutent !

Ainsi, le seul avantage que j'aie eu durant ces années-là fut d'échapper aux dangers et aux humiliations qu'on rencontre en temps de guerre. Naturellement, avec la guerre, le prix du riz et du charbon augmentait et les agents de police en souffraient comme tout le monde ; mais il fallait bien que je m'estime heureux puisque je pouvais être tranquillement assis au bureau et que je n'avais pas à aller dehors pour faire face aux soldats. Pourtant, je craignais de m'éterniser dans le même bureau toute ma vie et de n'avoir jamais l'occasion de percer. Pour grimper, il fallait avoir du piston, ou, à défaut, pouvoir aller à l'extérieur pour procéder à des arrestations et à des enquêtes ; or, non seulement je n'avais pas de piston, mais je n'avais pas non plus d'occasion de retourner dans la rue. Dans ces conditions, comment aurais-je pu obtenir la moindre promotion ? Plus je songeais à mon avenir, plus je me faisais du souci.

XIV

L'année de mes quarante ans, la fortune finit tout de même par me sourire : je fus nommé inspecteur ! J'aurais pu compter mes années d'ancienneté, toute la peine que je m'étais donnée, et comparer ça avec ce que gagnait un inspecteur, mais à quoi bon ? Ce qui m'intéressait, c'était seulement le sentiment d'avoir enfin de la chance ! Un gosse qui a ramassé un vieux truc peut très bien jouer longtemps avec : ça suffit à le rendre heureux. Avec les grandes personnes, il en va de même, car, autrement, la vie serait impossible. Mais à y regarder de plus près, les choses étaient loin de se présenter aussi bien. J'avais été promu, mais, à dire vrai, un inspecteur ne touche que quelques *yuans* de plus qu'un agent et cette augmentation est minime, en comparaison des responsabilités énormes qui sont désormais les siennes !

Vis-à-vis de ses supérieurs, un inspecteur a le devoir de ne jamais s'exprimer sans y mettre les formes requises ; vis-à-vis de ses subordonnés, notamment à l'égard de ses anciens collègues, il doit faire preuve à la fois de perspicacité et de cordialité. Au bureau, il a toujours des rapports à remplir et, au-dehors, des affaires à régler sans manifester ni faiblesse ni dureté. Au total, c'est beaucoup plus difficile que d'être à la tête d'une sous-préfecture. En effet, on peut dire qu'un sous-préfet est un empereur là où il est, alors qu'un inspecteur ne jouit pas de la même considération : il a non seulement des affaires à traiter sérieusement, mais d'autres à expédier tant bien que mal, et, dans les deux cas, il suffit d'un simple oubli pour avoir des ennuis. Or, quand un inspecteur a des ennuis, c'est vraiment la tuile, car autant il est difficile d'être promu, autant il est facile d'être rétrogradé. Et quand on a été inspecteur et qu'on se retrouve simple agent quelque part, on est plutôt mal accueilli : les collègues ne sont pas tendres ! Toi qui as été inspecteur, et patati et patata, les commentaires vont bon train. Quant aux supérieurs, lorsqu'ils voient que vous êtes une forte tête, ils font exprès de vous créer des ennuis et s'il y a une chose qu'on ne peut pas accepter, c'est bien celle-là. En réalité, il n'y a plus rien à faire. Si par malheur on est rétrogradé, le mieux est encore de plier bagage et de s'en aller, de ne plus avoir à manger de ce pain-là. Mais voilà, j'étais passé inspecteur seulement à quarante ans, et s'il m'avait alors vraiment fallu plier bagage, je ne sais pas comment j'aurais pu me retourner.

Si je m'étais dit tout ça à l'époque, je me serais fait immédiatement des cheveux blancs. Heureusement, je n'y songeais pas ; tout à la joie de ma promotion, je me refusais à en voir autre chose que les bons côtés. Je me disais même que passer inspecteur à quarante ans, puis commissaire, disons, à cinquante, prouvait qu'on n'avait pas perdu son temps dans le service. Pour quelqu'un qui, comme moi, n'avait pas fait d'études et n'avait pas beaucoup de piston, pouvoir passer commissaire, ce n'était tout de même pas rien ! A cette idée, je me dépensais sans compter et j'aurais tout fait pour garder ce poste que je couvais comme un vrai trésor.

N'empêche qu'au bout de deux ans comme inspecteur, je me suis vraiment fait des cheveux blancs. Non pas que j'aie tout envisagé en détail, mais parce que tous les jours je me faisais du souci, par peur d'avoir mal réglé une affaire et d'encourir une sanction. Dans la journée, je travaillais avec le sourire et j'étais de bonne humeur ; mais le soir j'avais sans arrêt des insomnies : je songeais tout d'un coup à quelque chose et j'étais comme pris de panique, je retournais le problème en tous sens, mais, faute d'arriver à une solution, je ne parvenais plus à retrouver le sommeil.

En dehors de mon travail au bureau, je me faisais aussi du souci pour mes enfants. Le garçon avait déjà vingt ans et la fille dix-huit. Fu Hai, c'est mon fils, avait été à l'école un peu partout : à l'école traditionnelle, à l'école pour enfants pauvres et à l'école publique, mais jamais plus de quelques jours. Pour les caractères, au total, il était peut-être seulement capable de lire le deuxième volume du manuel de chinois de l'enseignement primaire. En revanche, pour les farces de mauvais goût, il était très fort, car il avait appris toutes celles qui avaient cours dans les trois écoles, et si les farces avaient été au programme, il aurait sûrement eu la note maximale. Naturellement, comme il n'avait plus eu de mère dès son plus jeune âge et que j'étais pris toute la journée au-dehors, il n'en faisait qu'à sa tête. Je ne lui en voulais pas plus à lui qu'à personne; j'incriminais seulement le sort qui ne m'avait pas permis d'être riche et de lui donner une bonne éducation. On ne peut pas dire que je me suis mal conduit avec mes enfants, puisque je ne me suis jamais remarié et qu'ils ne peuvent pas me reprocher de leur avoir imposé une belle-mère. Quant au fait que dans la vie je n'ai pas eu de chance et que je n'ai pu devenir autre chose qu'agent de police, ce n'était absolument pas de ma faute : on n'est pas plus fort que le Ciel.

Physiquement, Fu Hai était plutôt grand; il mangeait donc comme quatre. Parfois, après avoir englouti trois grands bols de nouilles à la purée de sésame, il ne se disait toujours pas rassasié ! A ce régime, ce n'était pas deux pères comme moi qu'il lui aurait fallu, c'était trois ! Je n'avais pas les moyens de l'envoyer à l'école secondaire; de toute façon, avec les qualités qui étaient les siennes, il n'aurait pas été admis. Il me fallut donc lui trouver du travail. Mais que pouvait-il bien faire ? Depuis toujours, je m'étais dit : plutôt que de devenir agent de police, autant que mon fils tire un pousse; la police, ça suffit ! J'y ai passé toute ma vie et trouvais inutile de rendre la fonction héréditaire ! Quand Fu Hai a eu douze ou treize ans, je lui ai dit d'aller apprendre un métier, mais il a tellement protesté qu'il n'y a rien eu à faire. Devant son refus, je me suis dit alors qu'on en reparlerait quand il aurait deux ans de plus. Vis-à-vis d'un enfant qui n'a plus sa mère, on ne peut s'empêcher d'éprouver une tendresse particulière.

Lorsqu'il a eu quinze ans, je lui ai trouvé une place d'apprenti. Il n'a pas refusé d'y aller, mais dès que j'ai eu le dos tourné, il est revenu en courant à la maison.

Et chaque fois que je l'accompagnais, c'était pareil : il revenait subrepticement. Le mieux, dans ces conditions, était d'attendre qu'il soit encore un peu plus grand : peut-être qu'il aurait alors changé d'idée et que ça marcherait. Hélas ! Entre quinze et vingt ans, il est resté là à ne rien faire, à manger et à boire, un vrai fainéant. Finalement, quand je l'ai forcé à me répondre en lui disant : « Mais enfin, qu'est-ce que tu veux faire ? Parle ! » il a baissé la tête et dit qu'il voulait être agent de police ! Il trouvait que porter un uniforme et se promener dans les rues était un moyen commode de se distraire tout en gagnant de l'argent, sans comparaison avec la vie d'un apprenti, qui est toujours enfermé entre les quatre murs de son atelier. Je n'ai rien dit, mais ça me crevait le cœur. Je lui ai fait une recommandation et il est entré dans la police. Que ça me plaise ou non, c'était une autre affaire, mais au moins il avait un travail et ça valait mieux que de continuer à vivre à mes crochets. Tel père, tel fils, c'était bien le cas de le dire, encore qu'il fût certain qu'il n'irait pas aussi loin que moi. Au moins, à quarante ans, j'étais passé inspecteur, tandis que lui, à quarante ans... Si on ne le flanquait pas à la porte avant, ce serait déjà bien ! Y avait pas d'illusion à se faire ! Si je ne m'étais pas remarié, c'est que j'étais capable de me résigner. Mais lui, d'ici peu, il faudrait le marier. Et avec quoi ferait-il vivre sa famille ? Quand je le vis donc s'engager dans cette voie, j'ai eu le cœur gros.

Quant à ma fille, qui avait alors dix-huit ou dix-neuf ans, elle ne pouvait pas rester éternellement chez moi. Le mieux était évidemment de s'en débarrasser en la mariant au plus vite. Mais avec qui ? Encore avec un agent de police ? Je n'allais tout de même pas fonder une dynastie d'agents de police ! Mais, en réalité, je ne pouvais vraiment pas faire autrement. Elle n'était pas particulièrement jolie, elle n'avait guère d'instruction puisqu'elle avait perdu très tôt sa mère et savait tout juste quelques caractères, et tout ce que je pouvais lui donner en guise de trousseau, c'était deux robes de coton d'importation. Sa seule qualité était finalement de ne pas rechigner à la peine. Une fille d'agent de police ne pouvait épouser qu'un agent de police, c'était écrit, on n'y pouvait rien !

Je me résignai donc à la donner en mariage, me disant qu'une fois que j'en serais débarrassé, j'aurais au moins un moment de tranquillité. Non pas que je fusse insensible, mais vous imaginez bien que si je l'avais gardée chez moi au-delà de vingt ans, elle aurait risqué d'y rester indéfiniment. Je crois du reste avoir toujours été correct avec les gens, mais je n'ai guère été payé de retour. Ce n'est pas que je veuille toujours ressasser les mêmes plaintes, mais je tiens à dire les choses telles qu'elles sont, pour que tout le monde puisse juger.

Le jour de son mariage, j'ai eu vraiment envie de m'asseoir là où je me trouvais pour pleurer. Mais je n'ai pas pleuré : il y avait si longtemps que cela ne m'était pas arrivé que j'avais les yeux pleins de larmes, mais elles ne parvenaient pas à couler.

XV

Mon fils travaillait, ma fille était mariée : je me dis que rien ne m'empêchait plus de prendre un peu le large. Si une occasion se présentait, j'étais prêt à lâcher sans hésiter mon poste d'inspecteur, rien que pour voir un peu ce qui se passait ailleurs. Riche ou pas, je ne pouvais tout de même pas rester fourré toute ma vie dans le même bureau ! L'occasion, de fait, se présenta. Vous vous souvenez de Son Excellence M. Feng ? Eh bien, il avait été nommé en province. Ça sert quelquefois d'aimer la lecture des journaux. Dès que j'ai vu la nouvelle, je suis allé le trouver et je lui ai demandé de m'emmener avec lui. Il se souvenait encore de moi et il fut d'accord. Il me dit d'engager trois autres garçons dégourdis pour qu'on soit quatre à l'accompagner lors de sa prise de fonctions. Pour me ménager éventuellement une échappatoire, je le priai de demander lui-même au bureau de la police les quatre hommes dont il avait besoin, afin qu'on les place en service détaché. Je me disais en effet que si plus tard les affaires tournaient mal, j'éviterais ainsi que mes amis ne m'en veuillent, et nous pourrions reprendre notre place : tous les ponts ne seraient pas coupés. Il trouva mon idée excellente et obtint du bureau les quatre hommes qu'il voulait.

J'étais vraiment aux anges. Avec la compétence et l'expérience que j'avais, j'étais sûr que là-bas je pourrais faire un très bon chef de la police, cela dit sans vouloir me vanter. Un chien finit toujours par obtenir ce qu'il désire, un homme à plus forte raison. Cela représentait pour moi le comble des honneurs et je me disais qu'à quarante ans passés, ça n'était pas trop tôt.

En effet, un ordre arriva : j'étais nommé chef de la garde. J'étais fou de joie.

Hélas ! Je ne sais par quelle malchance : la mienne ou celle de Son Excellence ? M. Feng n'avait même pas encore rejoint son poste qu'il fut démis de ses fonctions. On s'était vraiment réjoui un peu trop tôt ! Heureusement que nous étions tous les quatre en service commandé et que nous n'avions pas démissionné de la police ! Cette fois encore, Son Excellence nous remit à la disposition du bureau dont nous dépendions. Pour ma part, non seulement je l'avais mauvaise, mais je me faisais du souci en me demandant si je serais à nouveau inspecteur une fois de retour au bureau : rien que ça m'a fait sérieusement maigrir.

Par bonheur, j'ai été chargé de garder le bureau de prévention des épidémies : au total, on était six et c'était moi le chef. Comme poste, c'était pas mal : on n'avait pas grand-chose à faire, et le bureau nous payait les repas. Je ne suis pas certain, mais il est probable que Son Excellence était intervenue en ma faveur. Comme je n'avais plus à payer mes repas, j'en ai profité pour commencer à mettre de l'argent de côté, en vue du mariage de Fu Hai : c'était la dernière chose qu'il me restait à faire pour mes enfants, et le plus tôt serait le mieux !

A quarante-cinq ans, j'ai marié mon fils avec une jeune fille dont le père et le frère aîné étaient tous les deux agents de police. Au fond c'était pas plus mal que toute la famille, la mienne comme la leur, les jeunes comme les vieux, soit dans la police : en nous réunissant, nous aurions pu constituer un poste à nous tout seuls !

L'homme a parfois un comportement étrange. Ainsi, je ne sais pourquoi, après le mariage de mon fils, j'ai cru bon de me laisser pousser la moustache. Sur le moment, je n'ai pas réfléchi à ce que je faisais : j'ai tout bonnement laissé pousser ma moustache rien que pour avoir l'air qui convient à un beau-père. Je trouvais du reste qu'avoir une petite moustache noire et se bourrer de temps en temps une pipe avec du tabac de Mandchourie, ça faisait très bien. Après tout, ma fille et mon fils étaient mariés, mes propres affaires marchaient bien, pourquoi me serais-je refusé ce plaisir ?

Hélas ! C'est cette moustache qui a causé ma perte. Le chef du bureau central ayant brusquement changé, le nouveau inaugura ses fonctions en passant en revue tous les agents de police de la ville. C'était un ancien militaire, qui, en dehors de « Garde à vous ! Fixe ! » et

« En colonne par un ! », ne comprenait rien à rien. Or, comme je l'ai déjà dit, dans les bureaux comme dans les postes de quartier, il y avait beaucoup de vieux bonshommes, d'aspect misérable, mais pleins d'expérience à force de traiter les mêmes affaires pendant des années. Je me trouvais sur les mêmes rangs qu'eux, car comme la garde du bureau des épidémies ne dépendait pas d'un poste de quartier, on l'avait mise pour la revue avec les gens des bureaux.

Pendant que nous nous mettions en rangs, en attendant d'être passés en revue, je m'étais mis tout naturellement à bavarder et à rire avec tous ces vieux types. Nous avions tous le sentiment que, comme les affaires importantes, c'était nous qui les traitions et que nous connaissions tous les dossiers, personne n'oserait nous flanquer à la porte. Le fait de ne pas avoir d'avancement était déjà un ennui suffisant. Nous avions évidemment un certain âge mais nous n'en faisions pas moins qu'avant ! On a beau dire que les vieux ne servent plus à rien, nous étions dans le service au moins depuis quinze ou seize ans, et quand nous étions jeunes, nous avions dépensé toute notre énergie au service de la collectivité : un argument comme celui-là ne nous donnait-il pas droit à quelque considération ? On ne jette pas son chien dehors sous prétexte qu'il est vieux. Voilà en tout cas ce que tous nous pensions. Nous ne nous faisions donc pas de souci, persuadés que le nouveau chef du bureau de la police se contenterait de nous inspecter de loin.

Le chef arriva donc : c'était un grand gaillard, la poitrine couverte de décorations, qui bondissait en criant : on aurait dit un vrai robot. Mon cœur se mit à battre très fort. Sans suivre l'ordre prévu pour l'inspection, dès qu'il aperçut notre rangée, il se précipita vers nous comme un tigre affamé sur sa proie. Les jambes écartées et les mains derrière le dos, il hocha la tête en nous regardant. Puis, d'un bond, il se retrouva devant nous ; saisissant un vieux secrétaire par le ceinturon, il le tira en avant, comme dans un combat corps à corps, et le secoua plusieurs fois comme un prunier avant de le relâcher brusquement. Le vieux secrétaire tomba alors les quatre fers en l'air, et le chef lui cracha deux fois dessus en disant : « Ça n'a pas le ceinturon serré et ça prétend être agent de police ! Qu'on l'emmène et qu'on le fusille ! » Nous savions bien que même un homme comme celui que nous avions devant nous n'irait pas jusqu'à faire fusiller les gens. N'empêche que nous étions tout pâles, mais pas de peur, de colère. Le vieux secrétaire était assis par terre, tremblant de tous ses membres. Le chef nous regarda à nouveau, puis traça du doigt une longue ligne en criant : « Foutez tous le camp, je ne veux plus vous voir ! Dire que des types comme vous étaient agents de police ! » Mais ces mots ne suffirent sans doute pas à apaiser sa colère, car il revint en courant devant nous en hurlant à se fendre le gosier : « Que tous les moustachus ôtent leurs uniformes et rompent sur-le-champ ! » En fait, je n'étais pas le seul à m'être laissé pousser la moustache ; il y en avait d'autres, mais nous étions tous inspecteurs ou officiers, car autrement nous n'aurions jamais osé nous laisser pousser ces maudits poils de barbe.

Voilà donc les circonstances dans lesquelles j'ai été vidé après plus de vingt ans de service. En réalité, j'avais beau avoir dépassé les quarante ans, je n'avais pas l'air du tout décrépit, et je ne sais vraiment pas ce qui m'avait pris de me laisser pousser la moustache ! Tout ça pour vous dire que vous pouvez, quand vous êtes encore jeune, vous vendre pour seulement six ou sept *yuans*, avoir un fils qui ne pourra pas faire d'études ni recevoir d'éducation parce que vous êtes un simple agent de police, et une fille qui, pour la même raison, sera obligée d'épouser un malheureux et de manger des *wowotous* toute sa vie, et après ça, vous retrouver, simplement parce que vous vous êtes laissé pousser une petite moustache, absolument sans rien, sans un sou d'indemnité ou de pension : on vous jette à la porte après vingt ans de service comme si vous étiez une vieille brique encombrant le passage ! Jusqu'à cinquante ans, vous ne pouvez mettre un radis de côté, et encore heureux si vous avez vos trois repas par jour ; après, vous n'avez pas d'autre solution que de vous jeter dans la rivière ou vous pendre. Car c'est comme ça que finissent habituellement les agents de police.

Je n'avais pas commis la moindre peccadille en vingt ans de service et voilà comment j'ai dû un jour plier bagage ! Mes collègues, quand je suis parti, m'ont accompagné les yeux pleins de larmes, mais moi je souriais encore. Il y a tant d'injustices sur terre, autant garder mes larmes pour moi !

XVI

La vie des gens pauvres, contrairement à ce qu'imaginent les professionnels de la charité publique, ce n'est pas avec quelques bols de bouillon de riz qu'on peut la sauver : ça ne fait que prolonger de quelques jours leur misérable existence et, tôt ou tard, ils devront mourir. Avec le passé que j'ai, c'est un peu pareil : ça m'aide à trouver un petit boulot et à endurer un peu plus longtemps ma misère ; mais je suis condamné à être toujours agent de police et rien d'autre : c'est comme une tache ou une verrue que j'aurai toujours sur la peau. Je n'aime pas dire que j'ai été agent de police, et je n'aimerais pas le redevenir, mais ce qu'il y a de terrible, c'est que, si je ne le disais pas, je n'aurais même pas de quoi manger ! En fait, je ne restais pas longtemps sans travail : sur la recommandation de Son Excellence Feng, j'ai été responsable d'un dispensaire dans une mine, puis chef du bureau de police local : après tout, j'avais de la chance. Ce fut pour moi l'occasion de mettre en œuvre mes talents et tout ce que j'avais appris auparavant. Ainsi, l'expérience accumulée pendant vingt ans de service me permit de contrôler étroitement les ouvriers de la mine. Chaque fois qu'ils se réunissaient pour jouer ou qu'ils se battaient, chaque fois qu'ils faisaient grève, créaient des ennuis ou simplement avaient bu un coup de trop, je n'avais qu'à ouvrir la bouche pour les faire fléchir et régler l'affaire comme il fallait. Quant à mes collègues, c'était à moi que revenait la charge de leur entraînement. Ils avaient tous servi dans la police, soit que je les aie moi-même engagés, soit qu'ils fussent venus d'ailleurs. Mais cela ne facilitait pas tellement ma tâche car ils n'étaient pas ignorants en la matière et ils m'attendaient souvent au tournant. Ça ne me faisait pas peur, car j'avais travaillé dans tous les secteurs de la police et je n'ignorais rien de ce qui se fait à l'intérieur comme à l'extérieur des bureaux. J'avais une telle expérience que, finalement, ils n'ont pas réussi à me coincer. J'avais en fait réponse à tout, et je ne dis pas ça pour me vanter.

Si j'avais pu passer là plusieurs années, je suis sûr que j'aurais pu au moins réunir l'argent nécessaire à l'achat d'un cercueil, car je gagnais à peu près autant qu'un officier de police et à la fin de l'année j'aurais pu toucher une prime. Mais voilà : je venais juste de travailler six mois et de commencer à mettre de l'ordre un peu partout, quand, hélas ! on m'a chipé la place, sous prétexte que j'étais trop vieux et que je faisais trop sérieusement mon travail. Ainsi j'aurais dû fermer les yeux et laisser les collègues s'en mettre un peu dans leurs poches, au lieu de susciter leur acrimonie en les surveillant constamment. Pour le travail extérieur, c'était pareil : j'étais beaucoup trop consciencieux ; je voulais qu'au moins dans cet endroit-là tout soit fait impeccablement. Or, comme je l'ai déjà dit, quand le peuple n'est pas vraiment le peuple, la police ne sert à rien, car plus elle fait bien son travail, plus on lui en veut. Naturellement, si on m'avait laissé à mon poste plusieurs années, tout le monde aurait probablement reconnu que la police sert à quelque chose. Le malheur, c'est qu'on n'a pas attendu pour me flanquer à la porte que j'aie remis de l'ordre partout.

Dans la société actuelle, il y a une chose que j'ai comprise à présent : on expédie les affaires exactement comme on distribue leurs godillots aux agents de police. S'ils sont trop grands, tant pis pour toi ! Trop petits et comprimant le pied, va te faire foutre ! On peut avoir tout bien réglé, on n'arrivera jamais à satisfaire tout le monde : il y en aura toujours pour vous lancer leurs godillots à la figure. Ce qui m'a perdu cette fois-là, c'est d'avoir oublié la précieuse recette du je-m'en-foutisme. J'ai dû donc à nouveau plier bagage.

Mais ce coup-là, je suis resté sans travail pendant plus de six mois. Or, depuis que j'avais été apprenti, j'avais toujours eu quelque chose à faire et j'ignorais ce que c'est que de tirer sa flemme. J'allais alors sur mes cinquante, mais, au physique comme au moral, je n'avais rien à envier à des types plus jeunes. Comment accepter, dans ces conditions, de rester là à ne rien faire ? Du matin au soir, en l'absence de toute activité sérieuse et de tout espoir, je vivais comme le soleil qui n'a pas d'autre activité que de passer d'est en ouest ; et encore, le soleil, lui, sert à éclairer le monde, alors que moi, je broyais sans cesse du noir. Une telle oisiveté m'exaspérait, me mettait hors de moi et je me dégoûtais moi-même. Mais pas moyen de trouver le moindre boulot ! Quand je songeais à mon activité et à mon expérience passées, je ne pouvais même pas y trouver un motif de consolation, puisqu'elles ne m'avaient pas permis de mettre le moindre argent de côté pour mes vieux jours et que j'étais sur le point de crever de faim. Je n'acceptais pas non plus de vivre aux crochets d'autrui, étant donné que j'avais encore toutes mes facultés et que je voulais gagner ma croûte tout seul. Comme un voleur, je restais toujours en alerte et je me précipitais à la moindre nouvelle, mais je revenais toujours bredouille et la tête basse. Dans ces conditions, une mort accidentelle aurait même été la bienvenue, vu que la société ne semblait pas attendre ma mort pour m'enterrer vivant ! De fait, j'avais, en plein jour, l'impression que mon corps s'enfonçait lentement dans la terre. Pourtant je n'avais aucun crime sur la conscience, mais tel était le châtiment qui m'était réservé ! Je passais ainsi toute la journée, serrant ma pipe entre les dents, pour le seul plaisir de faire semblant en l'ayant à la bouche, car elle était vide. Ma vie elle-même n'était du reste qu'un semblant de vie et spécialement exposée à la risée générale.

A force de chercher, après des mois de recherches infructueuses, j'ai finalement trouvé un poste comme gabelou dans le Henan ; c'était un emploi de militaire, mais tant pis : c'était un moyen de vivre comme un autre ! Empruntant de l'argent, je préparai quelques bagages et partis aussitôt rejoindre mon poste après m'être soigneusement rasé la moustache. Au bout de six mois, non seulement j'avais remboursé ma dette, mais j'ai été promu lieutenant. Il faut dire que je dépensais moitié moins que personne et que j'abattais deux fois plus de travail. Les difficultés ne me faisaient pas du tout peur et je vivais dans la crainte de perdre une fois de plus ma place. Car quand on est au chômage, non seulement on prend facilement trois ans de plus, rien qu'à se faire du mauvais sang, mais on risque de mourir, sinon de faim, au moins d'ennui et de cafard. Quant à dire que tous les efforts que je déployais me permettraient de garder ma place, c'était loin d'être sûr.

Cependant je me figurais, une fois de plus, que, puisque j'étais capable de devenir lieutenant, je pourrais aussi bien passer capitaine, et l'espoir me reprit. Mais cette fois, je fis très attention d'agir exactement comme tout le monde autour de moi. Quand les gens se remplissaient les poches, je faisais comme eux : finis les scrupules qui gâchent tout. A l'époque où nous sommes, ils n'ont plus cours. Et puis, je me disais que si je devenais capitaine, en mettant bout à bout mes revenus officiels et les autres, j'aurais, en l'espace de quelques années, de quoi m'acheter un beau cercueil ! En fait, mes ambitions étaient limitées : ce que je voulais, c'était simplement de pouvoir travailler tant que je pourrais remuer les guibolles ; après, d'avoir un cercueil où me mettre pour éviter de me faire dévorer par les chiens errants. J'avais ainsi un œil fixé sur le Ciel et l'autre sur la Terre. Je n'étais pas indigne du Ciel, mais tout ce que je recherchais était de pouvoir reposer tranquillement sous la Terre. En cela, je ne prétendais pas du tout jouer au vieillard, car je venais tout juste d'avoir cinquante ans. Mais tous mes efforts antérieurs avaient été si vains que mon horizon se bornait à la tombe, et je comptais bien qu'en limitant ainsi mes ambitions, le Vieux Seigneur du Ciel les prendrait en considération.

Je reçus alors une lettre m'annonçant la naissance d'un petit-fils. Si je disais que la nouvelle ne m'a pas fait plaisir, ce serait monstrueux. Mais je dois pourtant avouer qu'une fois passé le plaisir de la nouvelle, j'ai été plutôt refroidi en me disant malgré moi : « Hé ! Encore un petit agent de police en perspective ! » Quand on est grand-père, normalement on ne prononce pas de paroles de mauvais augure au sujet de son petit-fils, mais, après tout ce qui m'est arrivé, peut-être qu'on m'excusera. Les enfants des riches apportent avec eux l'espoir, ceux des pauvres la gêne. Quand on a soi-même le ventre vide, on n'a que faire d'avoir des petits-enfants et une longue descendance, on ne songe pas aux grandes phrases qui ornent les portes des riches pour proclamer : « La vertu, sans fin, se transmet dans la famille et, de génération en génération, on perpétue la littérature. »

Comme j'avais à nouveau du tabac dans ma pipe, je tirais dessus tout en réfléchissant à l'avenir. Il m'apparut alors que puisque j'avais un petit-fils, mon devoir ne pouvait plus se réduire à l'acquisition d'un cercueil. Car je ne voyais pas comment mon fils, qui n'était encore qu'un agent de troisième classe, aurait pu nourrir sa famille. Lui et sa femme, ce n'était pas à moi de m'en occuper, mais le petit-fils ? Cette pensée me plongea dans la plus grande perplexité. Je me disais, en effet que je devenais chaque année plus vieux, avec de plus en plus de bouches à nourrir dans la famille, et qu'il fallait au moins leur donner à chacune des *wowotous*. J'éructais alors bruyamment, comme si quelque chose m'était resté en travers de la gorge. C'en était trop, et je décidai de ne plus y songer : une affaire comme ça, on n'en voit pas la fin et on n'a jamais fini d'en parler. La vie d'un homme est une chose limitée, mais le malheur, lui, est une chose héréditaire ! De génération en génération, les seuls trésors immortels, ce sont les *wowotous !* Si le vent et la pluie se conformaient toujours aux prévisions de la météo, il n'y aurait plus ni tempête ni orage imprévisibles. De même, si les difficultés se présentaient successivement l'une après l'autre dans l'ordre prévu, on ne parlerait plus de folles angoisses. J'étais juste en train de songer à mon petit-fils quand mon fils est mort. Et il n'est même pas mort chez lui ! J'ai dû donc aller chercher moi-même sa dépouille mortelle.

Depuis qu'il s'était marié, Fu Hai savait très bien qu'on n'obtient rien sans effort. Il avait ses limites, mais il se donnait à fond dans son travail. Lorsque je suis parti comme gabelou, il avait eu très envie de me suivre, car il pensait qu'en allant ailleurs, il aurait l'occasion de trouver peut-être une meilleure situation. Je l'avais alors arrêté, parce que je craignais, si les choses tournaient mal, de nous retrouver tous les deux sans travail et le bec dans l'eau. Mais j'avais à peine quitté la maison qu'il ne fit ni une ni deux et rejoignit Weihaiwei. Là, il gagnait deux *yuans* de plus ; en fait, ça revenait au même, étant donné qu'il devait vivre seul dans une ville qu'il ne connaissait pas, mais quand on est pauvre et qu'on a envie d'améliorer son sort, on ne voit que l'argent, on ne songe pas à faire ses comptes. C'est là en tout cas qu'il est tombé malade a alors refusé de prendre des drogues, puis, finalement, il s'est alité, mais il était déjà trop tard pour les médicaments.

Quand je suis revenu avec son corps, je n'avais plus un sou en poche. Il laissait une veuve toute jeune avec un gosse qu'elle nourrissait encore au sein. Qu'est-ce que j'allais bien pouvoir faire ? Je ne pouvais plus travailler en dehors de Pékin, et, dans la capitale, je n'aurais pas retrouvé même un emploi d'agent de troisième classe, car j'avais cinquante ans et à cet âge-là, c'est fini : on est dans une impasse. J'enviais alors Fu Hai d'être mort aussi jeune : une fois mort, on ignore tous les tracas de la vie. Or, s'il avait vécu aussi longtemps que moi, il en aurait bavé tout autant, sinon plus ! Sa veuve pleurait comme si elle allait rendre l'âme, mais moi, je n'ai pas versé une larme, je ne pouvais pas : je n'étais capable que de tourner en rond dans la pièce, secoué d'un rire amer.

Ah ! c'était bien la peine de s'être donné tant de mal jusque-là ! Aujourd'hui encore, je suis obligé de me décarcasser tout autant pour trouver un peu de bouillie pour mon petit-fils. Je vais garder des maisons vides, je donne un coup de main au marchand de légumes, je travaille comme aide-maçon ou comme déménageur... : en dehors de tireur de pousse, j'aurai vraiment exercé tous les métiers ! Mais, dans tous les cas, je fais très attention à ce que je fais et me donne beaucoup de peine. A cinquante ans passés, je travaille toujours autant qu'un jeune gars de vingt ans, et pourtant je n'ai jamais dans le ventre qu'un peu de soupe et de *wowotou ;* en hiver, je n'ai même pas une bonne veste doublée de coton à me mettre sur le dos, mais je ne veux pas qu'on me fasse la charité, je veux gagner ma croûte moi-même ; j'ai bossé fièrement toute ma vie et je le ferai jusqu'à ma mort. Souvent, je n'ai rien à manger pendant toute une journée, pas de charbon pour allumer du feu, même pas une pincée de tabac à mettre dans ma pipe, mais ce n'est pas moi qui irais me vanter des services que j'ai rendus à l'Etat ; quand on peut marcher le front haut devant tout le monde et qu'on n'a rien sur la conscience, on n'a de comptes à rendre à personne. J'attends donc seulement le moment où je mourrai de faim, en me résignant à l'idée que je n'aurai pas de cercueil et que mon petit-fils et sa mère mourront aussi de faim après moi. Non vraiment : jamais je n'aurais dû être agent de police ! Souvent, je vois des ténèbres devant moi et j'ai l'impression de toucher déjà la mort ! Mais, hum ! ça ne m'empêche pas de rire comme avant, de me moquer devant tant d'intelligence et de talent gâchés en une vie, et de railler un monde terriblement injuste, dans l'espoir que, lors de mon dernier éclat de rire, le monde aura peut-être un peu changé [1] !

1. De ce récit, composé à la même époque et de la même veine que *Le pousse-pousse*, a été tiré un film tourné et joué en 1950 par Shi Hui. Les dialogues de ce dernier ont été traduits sous le titre *Ma vie (Histoire d'un agent de police de Pékin)*, Paris, 1977.

DÉCOUVREZ LES FOLIO 2 €

Parutions de novembre 2007

Benjamin CONSTANT *Le Cahier rouge*

À l'heure du bilan, l'auteur d'*Adolphe* pose sur sa jeunesse un regard tendre et amusé.

Carlos FUENTES *La Desdichada*

Une histoire d'amour étrange et onirique où raison et folie se côtoient pour nous entraîner dans l'univers du grand écrivain mexicain.

Richard WRIGHT *L'homme qui a vu l'inondation* suivi de *Là-bas, près de la rivière*

Ces textes — écrits vers 1935, soixante-dix ans avant l'ouragan Katrina — réunissent des thèmes qui hantent Wright : comment fournir un toit à ses enfants, à sa famille dans une société qui ne tire aucun profit de la protection de ses déshérités ? Katrina, cataclysme naturel, est révélateur d'un ancien déni écologique et d'une fracture historique, sociale et raciale.

Dans la même collection

R. AKUTAGAWA — *Rashômon* et autres contes (Folio n° 3931)

AMARU — *La Centurie. Poèmes amoureux de l'Inde ancienne* (Folio n° 4549)

M. AMIS — *L'état de l'Angleterre* précédé de *Nouvelle carrière* (Folio n° 3865)

H. C. ANDERSEN — *L'elfe de la rose* et autres contes du jardin (Folio n° 4192)

ANONYME — *Conte de Ma'rûf le savetier* (Folio n° 4317)

ANONYME — *Le poisson de jade et l'épingle au phénix* (Folio n° 3961)

ANONYME — *Saga de Gísli Súrsson* (Folio n° 4098)

G. APOLLINAIRE	*Les Exploits d'un jeune don Juan* (Folio n° 3757)
ARAGON	*Le collaborateur* et autres nouvelles (Folio n° 3618)
I. ASIMOV	*Mortelle est la nuit* précédé de *Chante-cloche* (Folio n° 4039)
S. AUDEGUY	*Petit éloge de la douceur* (Folio n° 4618)
AUGUSTIN (SAINT)	*La Création du monde et le Temps* suivi de *Le Ciel et la Terre* (Folio n° 4322)
J. AUSTEN	*Lady Susan* (Folio n° 4396)
H. DE BALZAC	*L'Auberge rouge* (Folio n° 4106)
H. DE BALZAC	*Les dangers de l'inconduite* (Folio n° 4441)
T. BENACQUISTA	*La boîte noire* et autres nouvelles (Folio n° 3619)
K. BLIXEN	*L'éternelle histoire* (Folio n° 3692)
BOILEAU-NARCEJAC	*Au bois dormant* (Folio n° 4387)
M. BOULGAKOV	*Endiablade* (Folio n° 3962)
R. BRADBURY	*Meurtres en douceur* et autres nouvelles (Folio n° 4143)
L. BROWN	*92 jours* (Folio n° 3866)
S. BRUSSOLO	*Trajets et itinéraires de l'oubli* (Folio n° 3786)
J. M. CAIN	*Faux en écritures* (Folio n° 3787)
MADAME CAMPAN	*Mémoires sur la vie privée de Marie-Antoinette* (Folio n° 4519)
A. CAMUS	*Jonas ou l'artiste au travail* suivi de *La pierre qui pousse* (Folio n° 3788)
A. CAMUS	*L'été* (Folio n° 4388)
T. CAPOTE	*Cercueils sur mesure* (Folio n° 3621)
T. CAPOTE	*Monsieur Maléfique* et autres nouvelles (Folio n° 4099)

A. CARPENTIER	*Les Élus* et autres nouvelles (Folio n° 3963)
C. CASTANEDA	*Stopper-le-monde* (Folio n° 4144)
M. DE CERVANTÈS	*La petite gitane* (Folio n° 4273)
R. CHANDLER	*Un mordu* (Folio n° 3926)
G. K. CHESTERTON	*Trois enquêtes du Père Brown* (Folio n° 4275)
E. M. CIORAN	*Ébauches de vertige* (Folio n° 4100)
COLLECTIF	*Au bonheur de lire* (Folio n° 4040)
COLLECTIF	*« Dansons autour du chaudron »* (Folio n° 4274)
COLLECTIF	*Des mots à la bouche* (Folio n° 3927)
COLLECTIF	*« Il pleut des étoiles »* (Folio n° 3864)
COLLECTIF	*« Leurs yeux se rencontrèrent... »* (Folio n° 3785)
COLLECTIF	*« Ma chère Maman... »* (Folio n° 3701)
COLLECTIF	*« Mon cher Papa... »* (Folio n° 4550)
COLLECTIF	*« Mourir pour toi »* (Folio n° 4191)
COLLECTIF	*« Parce que c'était lui ; parce que c'était moi »* (Folio n° 4097)
COLLECTIF	*Un ange passe* (Folio n° 3964)
COLLECTIF	*1, 2, 3... bonheur !* (Folio n° 4442)
CONFUCIUS	*Les Entretiens* (Folio n° 4145)
J. CONRAD	*Jeunesse* (Folio n° 3743)
J. CORTÁZAR	*L'homme à l'affût* (Folio n° 3693)
J. CRUMLEY	*Tout le monde peut écrire une chanson triste* et autres nouvelles (Folio n° 4443)
D. DAENINCKX	*Ceinture rouge* précédé de *Corvée de bois* (Folio n° 4146)

D. DAENINCKX	*Leurre de vérité* et autres nouvelles (Folio n° 3632)
R. DAHL	*Gelée royale* précédé de *William et Mary* (Folio n° 4041)
R. DAHL	*L'invité* (Folio n° 3694)
S. DALI	*Les moustaches radar (1955-1960)* (Folio n° 4101)
M. DÉON	*Une affiche bleue et blanche* et autres nouvelles (Folio n° 3754)
R. DEPESTRE	*L'œillet ensorcelé* et autres nouvelles (Folio n° 4318)
R. DETAMBEL	*Petit éloge de la peau* (Folio n° 4482)
P. K. DICK	*Ce que disent les morts* (Folio n° 4389)
D. DIDEROT	*Lettre sur les aveugles à l'usage de ceux qui voient* (Folio n° 4042)
R. DUBILLARD	*Confession d'un fumeur de tabac français* (Folio n° 3965)
A. DUMAS	*La Dame pâle* (Folio n° 4390)
M. EMBARECK	*Le temps des citrons* (Folio n° 4596)
S. ENDO	*Le dernier souper* et autres nouvelles (Folio n° 3867)
ÉPICTÈTE	*De la liberté* précédé de *De la profession de Cynique* (Folio n° 4193)
W. FAULKNER	*Le Caïd* et autres nouvelles (Folio n° 4147)
W. FAULKNER	*Une rose pour Emily* et autres nouvelles (Folio n° 3758)
C. FÉREY	*Petit éloge de l'excès* (Folio n° 4483)
F. S. FITZGERALD	*La Sorcière rousse* précédé de *La coupe de cristal taillé* (Folio n° 3622)
F. S. FITZGERALD	*Une vie parfaite* suivi de *L'accordeur* (Folio n° 4276)
É. FOTTORINO	*Petit éloge de la bicyclette* (Folio n° 4619)

C. FUENTES	*Apollon et les putains* (Folio n° 3928)
GANDHI	*La voie de la non-violence* (Folio n° 4148)
R. GARY	*Une page d'histoire* et autres nouvelles (Folio n° 3753)
MADAME DE GENLIS	*La Femme auteur* (Folio n° 4520)
J. GIONO	*Arcadie... Arcadie...* précédé de *La pierre* (Folio n° 3623)
J. GIONO	*Prélude de Pan* et autres nouvelles (Folio n° 4277)
V. GOBY	*Petit éloge des grandes villes* (Folio n° 4620)
N. GOGOL	*Une terrible vengeance* (Folio n° 4395)
W. GOLDING	*L'envoyé extraordinaire* (Folio n° 4445)
W. GOMBROWICZ	*Le festin chez la comtesse Fritouille* et autres nouvelles (Folio n° 3789)
H. GUIBERT	*La chair fraîche et autres textes* (Folio n° 3755)
E. HEMINGWAY	*L'étrange contrée* (Folio n° 3790)
E. HEMINGWAY	*Histoire naturelle des morts* et autres nouvelles (Folio n° 4194)
C. HIMES	*Le fantôme de Rufus Jones* et autres nouvelles (Folio n° 4102)
E. T. A. HOFFMANN	*Le Vase d'or* (Folio n° 3791)
J. K. HUYSMANS	*Sac au dos* suivi de *À vau l'eau* (Folio n° 4551)
P. ISTRATI	*Mes départs* (Folio n° 4195)
H. JAMES	*Daisy Miller* (Folio n° 3624)
H. JAMES	*Le menteur* (Folio n° 4319)
JI YUN	*Des nouvelles de l'au-delà* (Folio n° 4326)
T. JONQUET	*La folle aventure des Bleus...* suivi de *DRH* (Folio n° 3966)

F. KAFKA	*Lettre au père* (Folio n° 3625)
J. KEROUAC	*Le vagabond américain en voie de disparition* précédé de *Grand voyage en Europe* (Folio n° 3694)
J. KESSEL	*Makhno et sa juive* (Folio n° 3626)
R. KIPLING	*La marque de la Bête* et autres nouvelles (Folio n° 3753)
J.-M. LACLAVETINE	*Petit éloge du temps présent* (Folio n° 4484)
LAO SHE	*Histoire de ma vie* (Folio n° 3627)
LAO-TSEU	*Tao-tö king* (Folio n° 3696)
V. LARBAUD	*Mon plus secret conseil...* (Folio n° 4553)
J. M. G. LE CLÉZIO	*Peuple du ciel* suivi de *Les bergers* (Folio n° 3792)
J. LONDON	*La piste des soleils et autres nouvelles* (Folio n° 4320)
P. LOTI	*Les trois dames de la Kasbah* suivi de *Suleïma* (Folio n° 4446)
H. P. LOVECRAFT	*La peur qui rôde* et autres nouvelles (Folio n° 4194)
P. MAGNAN	*L'arbre* (Folio n° 3697)
K. MANSFIELD	*Mariage à la mode* précédé de *La Baie* (Folio n° 4278)
MARC AURÈLE	*Pensées (Livres I-VI)* (Folio n° 4447)
MARC AURÈLE	*Pensées (Livres VII-XII)* (Folio n° 4552)
G. DE MAUPASSANT	*Le Verrou* et autres contes grivois (Folio n° 4149)
I. McEWAN	*Psychopolis* et autres nouvelles (Folio n° 3628)
H. MELVILLE	*Les Encantadas, ou Îles Enchantées* (Folio n° 4391)
P. MICHON	*Vie du père Foucault – Vie de Georges Bandy* (Folio n° 4279)

H. MILLER — *Lire aux cabinets* précédé de *Ils étaient vivants et ils m'ont parlé* (Folio n° 4554)

H. MILLER — *Plongée dans la vie nocturne...* précédé de *La boutique du Tailleur* (Folio n° 3929)

R. MILLET — *Petit éloge d'un solitaire* (Folio n° 4485)

S. MINOT — *Une vie passionnante* et autres nouvelles (Folio n° 3967)

Y. MISHIMA — *Dojoji* et autres nouvelles (Folio n° 3629)

Y. MISHIMA — *Martyre* précédé de *Ken* (Folio n° 4043)

M. DE MONTAIGNE — *De la vanité* (Folio n° 3793)

E. MORANTE — *Donna Amalia* et autres nouvelles (Folio n° 4044)

A. DE MUSSET — *Emmeline* suivi de *Croisilles* (Folio n° 4555)

V. NABOKOV — *Un coup d'aile* suivi de *La Vénitienne* (Folio n° 3930)

I. NÉMIROVSKY — *Ida* suivi de *La comédie bourgeoise* (Folio n° 4556)

P. NERUDA — *La solitude lumineuse* (Folio n° 4103)

F. NIWA — *L'âge des méchancetés* (Folio n° 4444)

G. OBIÉGLY — *Petit éloge de la jalousie* (Folio n° 4621)

F. O'CONNOR — *Un heureux événement* suivi de *La Personne Déplacée* (Folio n° 4280)

K. OÉ — *Gibier d'élevage* (Folio n° 3752)

L. OULITSKAÏA — *La maison de Lialia* et autres nouvelles (Folio n° 4045)

C. PAVESE — *Terre d'exil* et autres nouvelles (Folio n° 3868)

C. PELLETIER — *Intimités* et autres nouvelles (Folio n° 4281)

P. PELOT	*Petit éloge de l'enfance* (Folio n° 4622)
PIDANSAT DE MAIROBERT	*Confession d'une jeune fille* (Folio n° 4392)
L. PIRANDELLO	*Première nuit* et autres nouvelles (Folio n° 3794)
E. A. POE	*Aventure sans pareille d'un certain Hans Pfaall* (Folio n° 3862)
E. A. POE	*Petite discussion avec une momie* et autres histoires extraordinaires (Folio n° 4558)
J.-B. POUY	*La mauvaise graine* et autres nouvelles (Folio n° 4321)
M. PROUST	*L'affaire Lemoine* (Folio n° 4325)
QIAN ZHONGSHU	*Pensée fidèle* suivi de *Inspiration* (Folio n° 4324)
R. RENDELL	*L'Arbousier* (Folio n° 3620)
J. RHYS	*À septembre, Petronella* suivi de *Qu'ils appellent ça du jazz* (Folio n° 4448)
R. M. RILKE	*Au fil de la vie* (Folio n° 4557)
P. ROTH	*L'habit ne fait pas le moine* précédé de *Défenseur de la foi* (Folio n° 3630)
D. A. F. DE SADE	*Ernestine. Nouvelle suédoise* (Folio n° 3698)
D. A. F. DE SADE	*La Philosophie dans le boudoir* (Les quatre premiers dialogues) (Folio n° 4150)
A. DE SAINT-EXUPÉRY	*Lettre à un otage* (Folio n° 4104)
G. SAND	*Pauline* (Folio n° 4522)
B. SANSAL	*Petit éloge de la mémoire* (Folio n° 4486)
J.-P. SARTRE	*L'enfance d'un chef* (Folio n° 3932)
B. SCHLINK	*La circoncision* (Folio n° 3869)
B. SCHULZ	*Le printemps* (Folio n° 4323)

L. SCIASCIA	*Mort de l'Inquisiteur* (Folio n° 3631)
SÉNÈQUE	*De la constance du sage* suivi de *De la tranquillité de l'âme* (Folio n° 3933)
D. SHAHAR	*La moustache du pape* et autres nouvelles (Folio n° 4597)
G. SIMENON	*L'énigme de la* Marie-Galante (Folio n° 3863)
D. SIMMONS	*Les Fosses d'Iverson* (Folio n° 3968)
J. B. SINGER	*La destruction de Kreshev* (Folio n° 3871)
P. SOLLERS	*Liberté du XVIIIème* (Folio n° 3756)
G. STEIN	*La brave Anna* (Folio n° 4449)
STENDHAL	*Féder ou Le Mari d'argent* (Folio n° 4197)
R. L. STEVENSON	*Le Club du suicide* (Folio n° 3934)
I. SVEVO	*L'assassinat de la Via Belpoggio* et autres nouvelles (Folio n° 4151)
R. TAGORE	*La petite mariée* suivi de *Nuage et soleil* (Folio n° 4046)
J. TANIZAKI	*Le coupeur de roseaux* (Folio n° 3969)
J. TANIZAKI	*Le meurtre d'O-Tsuya* (Folio n° 4195)
A. TCHEKHOV	*Une banale histoire* (Folio n° 4105)
L. TOLSTOÏ	*Le réveillon du jeune tsar* et autres contes (Folio n° 4199)
I. TOURGUÉNIEV	*Clara Militch* (Folio n° 4047)
M. TOURNIER	*Lieux dits* (Folio n° 3699)
E. TRIOLET	*Les Amants d'Avignon* (Folio n° 4521)
M. TWAIN	*Un majestueux fossile littéraire* et autres nouvelles (Folio n° 4598)
M. VARGAS LLOSA	*Les chiots* (Folio n° 3760)

P. VERLAINE	*Chansons pour elle* et autres poèmes érotiques (Folio n° 3700)
L. DE VINCI	*Prophéties* précédé de *Philosophie et Aphorismes* (Folio n° 4282)
R. VIVIEN	*La Dame à la louve* (Folio n° 4518)
VOLTAIRE	*Traité sur la Tolérance* (Folio n° 3870)
VOLTAIRE	*Le Monde comme il va* et autres contes (Folio n° 4450)
WANG CHONG	*De la mort* (Folio n° 4393)
H. G. WELLS	*Un rêve d'Armageddon* précédé de *La porte dans le mur* (Folio n° 4048)
E. WHARTON	*Les lettres* (Folio n° 3935)
O. WILDE	*La Ballade de la geôle de Reading* précédé de *Poèmes* (Folio n° 4200)
R. WRIGHT	*L'homme qui vivait sous terre* (Folio n° 3970)
M. YOURCENAR	*Le Coup de Grâce* (Folio n° 4394)

Impression Bussière
à Saint-Amand (Cher),
le 22 novembre 2007.
Dépôt légal : novembre 2007.
1er dépôt légal dans la collection : novembre 2001.
Numéro d'imprimeur : 073954/1.
ISBN 978-2-07-042208-1./Imprimé en France.

157447